# 下鴨料亭味くらべ帖

料理の神様

柏井 壽



PHP
文芸文庫

○本表紙デザイン＋ロゴ＝川上成夫

目次

## 〈主な登場人物紹介〉

朱堂明美《すどうあけみ》……糺ノ森山荘《ただすのもりさんそう》の九代目主人
朱堂　旬《しゅん》……糺ノ森山荘の八代目主人（明美の夫）
朱堂総一郎…糺ノ森山荘の七代目主人（明美の父）
萩原次郎……糺ノ森山荘の板長《いたちょう》
伏原宣家《ふせはらのりいえ》……糺ノ森山荘の大番頭
和泉悦子《いずみえつこ》……糺ノ森山荘の仲居頭
華山芳夫《はなやまよしお》……祇園花見小路の老舗料亭『華山』の主人。京都料理界の重鎮
僧休《そうきゅう》……糺ノ森で野点《のだて》を行なう、風流人。かつての京都財界の大物との噂も
秋山満男《みつお》……グルメ評論家

第一話

# イワシ料理対決

1

人生いうのは、ホンマに不思議なもんですね。四十近《ちこ》うもなって、まさかわたしが料亭の女将《おかみ》業に専念するようになるやなんて、思うてもいませんでした。なんでもかんでもコロナのせいにしたらあかんのでしょうけど。あんなウイルスがはびこらへんかったら、今でも女将は名前だけで、外商と称して外を遊び歩いていたと思います。

わたしの実家である『糺《ただす》ノ森《もり》山荘』は文政《ぶんせい》元年に創業した、二百年もの歴史を誇る料亭です。

七代目の父総一郎《そういちろう》亡きあとは、婿養子《むこ》に入ってくれたわたしの夫、朱堂旬《すどうしゅん》が八代目を継いでくれてたんですけど、趣味の写真にかまけていて、料亭の主人業にはあんまり身が入ってしまません。

それでもどうにかこうにか、潰《つぶ》れもせんとやってこられたんは、大番頭の伏原《ふせはら》宜家《のりいえ》やら、仲居頭《なかいがしら》の和泉悦子《いずみえつこ》やらを中心にして、スタッフみんながよう働いてくれるさかいです。

それと、やっぱり二百年ていう長い歴史がものを言うてます。京都では百年を超えると老舗《しにせ》て認めてもらえますさかい、お客さんの信用度が違います。

そんな長い歴史のなかで、何度も危機を乗り越えてきましたけど、今回のコロナ禍は最大の難局やと、大番頭の宜《のり》さんも言うてました。

「こんなときに先代が生きててくれはったらなぁ、てなことを言うとる場合やおへん。ここは明美《あけみ》はんの力で乗り切ってもらうしかありまへんがな。悪いけどご養子の旬さんでは無理です。アイデア倒れで辛抱がおへんのです。言うたらなんやけど、写真撮ることばっかりにかまけてはって、料亭業に身ぃが入ってしまへん。朱堂家の明美はんには脈々と二百年を超えて続く血が流れとります。どうかひとつ、九代目を継いでもらえまへんやろか。せやないと間違いのう『糺ノ森山荘』は潰れます。伏原宜家の命をかけてお願い申し上げます」

令和三年のお正月を迎えて、松の内も済んで、京都の街が閑散としていたころでした。お仏壇の前に正座した宜さんは目を真っ赤に染めて、深々と頭を下げはったんです。

絵に描いたような楽天家やて、亡くなった母がいっつも呆《あき》れてたわたしですけど、さすがにこのときばかりは、ことの重大さに気が付いて身震いしました。

「わかりました、て即答したいとこやけど、旬さんとも相談せんならんし、二、三日待ってもらえますか」

宜さんにはそう返事しといて、すぐ雪景色を撮影に『金閣寺《きんかくじ》』へ行ってはる旬さんに連絡したんですけど、相変わらず呑気《のんき》な主人ですわ。――きみの好きなようにすればいいよ――としか言わはりませんねん。

わたしも旬さんも、歴史ある料亭を切り盛りするには荷が重すぎると思うて、お店のことは、宜さんやら仲居頭の悦子さんにまかせっ切りにしてましたから、今さら女将業に専念しても、『糺ノ森山荘』を守ることなんかできひんの違うかしらん。

一日中ずっと悩んでも、自信はなくなるいっぽうです。

晩ご飯を食べながら、旬さんと話し合《お》うても、いっこうにらちがあきません。

お前がやれ、て言うてくれはったら決断できる思うんですけど、――好きにすればいいよ──の一点張りです。

やっぱりわたしには無理やて、宜さんに言わんとあかん。そう心に決めて寝間に入るとすぐに眠りに就きました。

めったに夢は見いひんわたしにしては珍しいことに、その晩は父の総一郎が夢枕に立ったんです。

店の玄関から暖簾《のれん》をおろしてきて、真剣な顔をした父が、わたしにそれを手わたしながら、こう言いました。

──これを持ってコノシマジンジャへお参りしてきなさい。そしたら悩みごとは解決する──

──コノシマジンジャてどこのこと？　聞いたことないけど──

そない訊いたのに、父はなにも答えんと消えてしまいました。

夢て見てもたいてい起きたら忘れてるんですけど、コノシマジンジャていう名前は朝になってもはっきり覚えてました。

どこのことなんやろ。

お布団《ふとん》から出る前に、旬さんに夢の話をしてみました。夢の話やなんて笑われるやろうと思うてたら、旬さんはお布団を撥《は》ねのけて、がばっと起きあがらはったんです。

「驚いたなぁ。ぼくの夢にもお義父《とう》さんが出てこられたんだよ。そして無理やりぼくが着ている袢纏《はんてん》を脱がせて、それを明美に着せようとしている。変な夢だったなぁ」

びっくりです。ふたり揃《そろ》うて父が夢に出てくるやなんて。

「そう言うたら、昨日はお父さんの月命日やった」

起き上がって伸びをしました。

「お義父さんはなにか言ってたのかい」

旬さんがカーテンを開けはりましたけど、まだ外は薄暗いです。

「コノシマジンジャへ暖簾を持って行ってこいて言うてはったけど、旬さんは知ってはる？」

「太秦《うずまさ》のほうの『木嶋《このしま》神社』のことだろうな。今日にでも行ったほうがいいよ。ぼくが送っていくから」

せっかちな旬さんは、もう身支度《みじたく》をはじめてはります。急いで朝ご飯の支度をして、お化粧も簡単に済ませました。

「『木嶋神社』て太秦のどのへんにあるんです？」

黒いパンツスーツを着て、急ぎ足でガレージに向こうてます。

「蚕ノ社《かいこやしろ》って知ってるでしょ？　嵐電《らんでん》の駅があるところ」

袢纏姿の旬さんは、料亭の主人ていうより番頭さんていう感じです。

「行ったことはありませんけど、嵐山《あらしやま》へ行くときに通るので名前だけは。子どものときに、なんて読むんやろ、て母に訊いたらカイコノヤシロやて教えてくれはって。あのお蚕さんを想像したら気持ち悪ぅなったんを覚えてます」

「あの蚕ノ社が『木嶋神社』のことなんだよ。三本足の鳥居を撮りに行ったことがあるんだ」

旬さんがリモコンキーでドアロックを外さはったとこへ、宜さんが駆けつけてきはりました。

「おはようございます。お揃いでお出かけやなんて、珍しいですな。どちらへ？」

庭箒《にわぼうき》を持ったまま、宜さんが訊ねてはります。昨日の答えを急《せ》かさはるそぶりがないのは、旬さんが一緒やさかい遠慮してはるんやろ思います。

こういう細やかな気遣いが、京都人の特徴や思いますけど、わたしはまだまだ未熟やなと気づかされました。

「ちょっとそこまでね」

東北育ちの旬さんも、ちょびっとずつ京都人らしいなってきはりました。行き先を訊ねられて、具体的な名前を出さへんのが京都流です。

「よろしいなぁ。気ぃ付けて行ってきなはれや」

筋金《すじがね》入りの京都人やさかい、宜さんはそれ以上詮索《せんさく》しはりません。

これで会話が成立するんやさかい、京都のひとてほんまに不思議です。どこへ行くとも言うてへんのに、よろしいなぁ、やて。ええとこかどうか分からへんのに。

子どものときは、えらい無責任やなぁと思うてたんですけど、お互いにこのほうが楽なんやて、おとなになって分かりました。

ほんわかした会話で、緊張がいっぺんに解けました。やっぱり京都はええもんです。

下鴨《しもがも》から『木嶋神社』さんへは車で二十分ほど掛かります。そのあいだに旬さんが、この神社のことをあれこれレクチャーしてくれはって、なんや不思議なとこみたいです。三本足の鳥居があるて言うてはるんやけど、どんなもんか想像もつきません。鳥居の真ん中にもう一本足があったら邪魔《じゃま》どすやん。見てみたいような、不気味《ぶきみ》なような。

お店のロゴマークが入った軽のワゴン車は、配達用やさかい、お世辞《せじ》にもええ乗り心地やて言えません。車酔いていうほどではないんですけど、神社に着いて降りるとき、ちょっとめまいがしました。

「大丈夫かい？　気を付けてな。具合が悪くなったらすぐにタクシー呼んで帰ったほうがいいから」

旬さんはホンマにやさしい人です。

「おおきに。大丈夫や思います。ほな行ってきます」

暖簾を包んだ風呂敷包みを抱いて、参道に向かいました。

『木嶋神社』は樹々に囲まれてて、鎮守《ちんじゅ》の森ていう雰囲気です。

小さいときに父に連れられてお参りしたような気がするんですけど、ほとんど記憶にありません。鳥居の前で頭を下げてから参道を進みます。こちらの鳥居は朱色と違《ちご》うて、渋い木の色で、形も素朴《そぼく》なんです。たしか神明《しんめい》鳥居て言うんやったと思います。けど、三本足とは違います。

拝殿の前で神さまにお祈りして、ふと気づきました。暖簾を持ってきたけど、どないしたらええんやろ。お供えするのか、お祓《はら》いしてもらうのか、夢のなかの父は、そこまで言うてくれませんでした。

迷いながら、暖簾を包んだ風呂敷包みを抱いて、旬さんが言うてはった三本足の鳥居を見に行きました。

境内《けいだい》の奥のほうは、暗《くろ》うて糺ノ森によう似てるなぁ思いました。よう見ると石の鳥居があります。

なるほど、こないなってたんか。三本足ていうより三角形に組んである、て言うたほうが分かりやすい思います。三方正面の鳥居ていう感じです。

石でできた鳥居やさかい、危ないんやろか。囲いがしてあるので、下をくぐることはできませんけど、離れて見てても、なんや不気味です。不思議な鳥居の眺めに圧倒されてたときです。背中から声が聞こえてきました。

振り向くと、神官さんが近づいてこられました。

「よくお参りいただきました。朱堂家のお嬢さまですね。右京《うきょう》さまによく似てらっしゃる」

空色の袴《はかま》に白い狩衣《かりぎぬ》をお召しになった神官さんは、七十歳くらいでしょうか。右京は朱堂家初代から三代目までが受け継いでた名前やて聞いてますけど、そこまでご存じやということにびっくりしました。

「はい。朱堂明美でございます」

頭を下げました。

「暖簾を持ってお越しになったということは、お嬢さまが跡をお継ぎになるのですね」

わたしの手元をのぞきこんで、そう言わはったんですけど、なんでこの包みのなかが暖簾やて分かるんやろ。

「お世継ぎなさいますこと、心より弥栄《いやさか》を寿《ことほ》ぎ申し上げます」

神官さんは深々と腰を折られました。

「あ、ありがとうございます。まだ決めたわけではないんですけど」

いきなり言われたんで、うろたえながらも、神さまにはウソはつけませんので、正直に言いました。

「お迷いになっておられるのでしょうが、ひとには宿命《さだめ》というものがございます。覚悟をお決めになってしっかりお継ぎください」

「はい」

厳しい顔つきをした神官さんの圧の強さに、思わず即答してしもた自分に驚いています。

「それでは暖簾を身体《からだ》にお巻きくださいませ。ご祈禱《きとう》させていただきます」

厳《おごそ》かな口調で言われたので、素直に従いました。

風呂敷を解き、暖簾を肩から掛けて巻きつけました。白地に紫色で屋号を染め抜いた、たいせつな暖簾を身体に巻くのは初めてのことです。これでええんやろか。

「それではお祓いをいたしますので頭をお下げください」

頭を下げると、神官さんは頭の上でご幣《へい》を左右に振ってはるようです。

祝詞《のりと》て難しい言葉が続きますし、なにを言うてはるのかは、よう分かりませんけど、事業繁栄ていう言葉と、お店とわたしの名前だけははっきり聞き取れました。

最後に暖簾を畳んで頭の上に差しあげるよう、神官さんに言われました。

榊《さかき》にお神酒《みき》を掛けて、それを暖簾の上で振ってはります。こんな儀式は初めてです。

ご祈禱を受けるのは結婚式以来やと思います。神妙な面持ちで何度か頭を下げて、ご祈禱済みの暖簾を授かったらすっきりしました。不思議なことに迷いが消えて、九代目を継ぐことを決めてたんです。なんでやろ。

よう考えたら連絡したわけやないのに、なんでこの神官さんは待ちかまえてはったんやろ。不思議なことだらけです。

「『糺ノ森山荘』は朱堂右京さまがおはじめになったのですが、その際、こちらが元糺ノ森だということで、ご挨拶にお見えになりまして、それ以来ずっとこの『木嶋坐天照《このしまにますあまてる》御魂《みたま》神社』をご信仰いただいており、代々お参りいただいておるのでございます」

　わたしの疑問を見透かしたように、神官さんがお話しされました。

代々お参り、て父はどうやったか分かりませんけど、旬さんはそんなこと言うてはりませんでした。趣味で鳥居の写真を撮りに来ただけ、みたいな話やったと思うんですけど。

「元糺ノ森があるていう話は聞いたことがあるような、ないようなですけど」

　にわかには信じられません。

「今は涸《か》れとるように見えますが、ここには大きな池がありましてな。元糺の池と呼んでおります。『下鴨神社』で土用の丑《うし》の日前後に行う足つけ神事は、ここからはじまったのです」

「そうやったんですか。ちっとも知らんと失礼しました」

「嵯峨《さが》天皇さまが、こちらにあった〈糺ノ森〉を『下鴨神社』へ遷《うつ》されたのですが、そんなことはどっちでもよろしい。どうぞお店をだいじにお守りくださいませ」

そう言い残して、神官さんは背中を向けられました。

「ありがとうございます。ひとつだけお訊ねしてもよろしいでしょうか」

「なんでしょう」

神官さんが振り向かれました。

「これまで女将業をおろそかにしてきたもので、まるで自信がありません。なにから手を付けてよいのか分からないのですが」

正直にお話ししました。

「ご心配には及びません。その暖簾が良い運気を招き入れてくれるのです。まずは東から岩が飛び込んでくるでしょう。それをたいせつになさい。きっと明美さまを助けてくれるはずです」

「い、岩が飛んでくるて、危ないことないんですか？」

映画のシーンを思いだして、思わず眉をひそめてしまいました。

「危ないどころか、六つの岩は救いの主ですぞ」

「六つも飛び込んでくるんですか」

目を白黒させてしまいました。

「朱堂家代々のご主人が呼び込まれた石ですから」

意味ありげな笑みを浮かべて、神官さんは浅沓《あさぐつ》の音を残して立ち去っていかれました。

岩だけと違《ちご》うて、六つて具体的な数字を挙げはったのには驚かされました。六つも岩が飛び込んできたら、どないしたらええんやろ。

そうは言うても、まさかほんまの岩が飛び込んでくるわけないやろし。岩の形をしたもんを、あれこれ思い浮かべてみるんですけど、どれもしっくりきません。

岩の形したお菓子を六つ持ってきてくれはるひとがやはるとか、それぐらいしか思いつきませんわ。

それにしても不思議な神官さんでした。待ちかまえてはったみたいやし、うちの事情もようご存じで、右京ていう今は使《つこ》うてない、古い名前まで知ってはった。もしかしたら、この世界の方やないのかもしれません。て、映画の見過ぎやろか。

2

不思議なことばっかりでした。

『糺ノ森山荘』の敷地内にある自宅で、旬さんに話しても、たいして驚かはりませんねん。

「まぁ、たまにはそんなこともあるんじゃないの」

赤ワインをわたしに注いでくれてはります。

「そうですやろか。右京ていう名前まで知ってはったんですよ」

ちょっと酔いがまわってきました。

「うちの店と長い付き合いだとおっしゃってたんなら、右京をご存じでも不思議はないよ」

旬さんはいっつも冷静です。大きい声を上げたり、興奮したりしてはるとこ、一度も見たことありません。

ふたりで晩ご飯を食べながら、『木嶋神社』で会《お》うた神官さんのことやら、三本足の鳥居のこと、糺ノ森があったことやらを、あれこれ話してる最中のことでした。インターホンが鳴ったんです。

「旬さん、女将さん、どっちでもよろしい。ちょっと出てきてくれはりますか。えらいこってす」

インターホンから仲居頭の悦子さんの甲高い声が聞こえてきました。悦子さんは旬さんと対照的に、いっつも大きい声出してはるさかい、たいそうに言うてはるんやと思います。

けど、インターホンのカメラに映る悦子さんは、えらい険しい顔してはります。

「なんかありました？　今夜はお客さんないんでしょ？」

玄関のドアを開けました。

「食事のお客さんやないんですけど、求人広告を見て来た、ていう男の人が店に来てはるんです。それがちょっと……」

悦子さんは困った顔をしてはります。

「ここんとこ求人広告なんて出してないよな」

背中越しに旬さんが言わはりました。

「わたしもそう言うたんですけど、雇うてくれるまで帰らんて言い張らはって、困ってますねん」

悦子さんが見せてくれはった名刺はシミがいって、しわくちゃになってます。

「岩田六郎《いわたろくろう》。聞いたことないお名前やし、なんぞの間違いやろ思います。丁重にお断りして、お引き取りいただくしかおへんやろ」

旬さんは首をひねったあと、思いついたように玄関まで出てきはりました。

「ちょっとその名刺を見せてくれるかな」

「きったない名刺でっせ」

悦子さんはゴミでもつまむようにして、旬さんに名刺を渡さはりました。

「岩……六……。ひょっとして、今日きみが『木嶋神社』で聞いた……」

大きい目を見開いて、旬さんが名刺を指ささはりました。

偶然にしては話ができすぎなような気もしますけど、万が一ていうこともあります。

「分かりました。わたしが話を聞いてきます」

ダウンコートを羽織って、急いで店に向かいました。

期待半分、警戒半分ていう気持ちで応接室のドアを開けると、宜さんがホッとしたような顔をしはりました。珍客さんに困り果ててはったんでしょうね。

応接室のソファに座って、宜さんと向かい合うてはる岩田さんは、細面の神経質そうなひとです。五十過ぎてはるのは間違いないやろと思います。六十近いかもしれません。

「あなたが女将さんですか。岩田六郎と言います。遅くに申しわけありません。居ても立ってもいられなくなりましたので」

立ちあがって深々と一礼しはりました。

「女将の朱堂明美です。なんでまた急に」

宜さんと入れ替わりました。

「この雑誌を読みましてね。わたしの考えとあまりにおなじなので、ぶしつけにもお手紙を出させていただきましたら、ご主人からご丁寧なお返事を頂戴《ちょうだい》いたしましたので、急ぎ参上した次第です」

岩田さんの前に置いてあるのは、父が愛読していた料理雑誌ですけど、とうに廃刊になってるはずです。その横には岩田六郎さん宛ての白い封筒が並んでます。だいぶ色あせてますけど間違いありません。たしかに父の筆跡です。

「拝見してよろしいやろか」

岩田さんの許可をもろて、一枚の便せんを取りだして読んでみました。

自分の意見に賛同してくれたことが、よっぽどうれしかったんですやろな。短い文面やけど、すぐに来て『糺ノ森山荘』の板場《いたば》に入りなさい、て書いてあります。

「ご主人の朱堂さまがおっしゃるとおり、今の日本料理界は危機に瀕《ひん》しております。伝統と歴史をないがしろにし、創作だとか革新だとか勝手なことを言う料理人ばかりになってしまって。このままだと日本料理は絶滅してしまいます」

熱弁をふるう岩田さんは、たしかに父とおんなじことを言うてはります。けど、やっぱりおかしいです。父はとうに亡くなってるのに、岩田さんはまるで昨日今日のことのように話してはります。

それにこの『美味手帖《びみてちょう》』、表紙をよう見たら平成十三年一月号てはっきり書いてあります。二十年以上も前ですやん。それとのう、封筒の消印見たら、十三、一、七てなってます。

どういうことなんやろ。

そこを訊いてみました。

「お恥ずかしい話ですが、自分でもよく分からんのです。こんなことを言っても、信じてもらえないと思うのですが、ここ二十年ほどの記憶がすべて飛んでしまっているんです。どうしてそうなったのか、わたし自身が一番不思議に思っているのです」

岩田さんは顔をゆがめてはります。

「そうでしたんか。ご自身で分からはらへんことやったら、わたしらには余計分かりませんけど」

そうとしか言いようがありません。

「役所だとかに行って調べてみようかとか、お医者さんに行こうか、とかも思ったのですが、なんとなくこれも宿命《さだめ》かと思うに至りました。忘れてしまったのだから、過去のことはすべて捨てて、生まれ変わったつもりで、一からやり直そう、そう思ったのです。それが神さまから与えられた使命のような気がしてならないのです」

岩田さんは必死の顔つきで訴えてはります。

『木嶋神社』の神官さんが六つの岩が飛び込んでくる、て言わはったさかい、無下にはできしませんけど、どう考えても怪しい話です。記憶喪失てそない簡単になるもんやろか。ちょっと調べたら、この二十年ほどのあいだ、どこでどうしてたかなんて、簡単に調べられるんと違うんやろか。

どうしたもんやろ。旬さんを呼んできて話聞いてもらおかしらん。いやいや、九代目の主人になるて神さんに宣言したんやさかい、こんなことぐらい自分で決めんとあかん。

お話をするうち、日本料理に対する岩田さんの情熱に心が動きはじめました。そこだけは疑う余地がないんです。

亡き父の言葉に感動して、この『糺ノ森山荘』で自分の考えている日本料理を実践したい。そう思いこんでしまわはったひとを追い返したりしたら、罰《ばち》が当たりそうやし。

「働かせていただけるのでしたら、下働きからでもけっこうです。なんでもやりますからぜひこの岩田をここに置いてください」

突然岩田さんが土下座なさったのにはびっくりしました。

そこまでされてお断りできしませんやん。しばらく様子見しながらになりますけど、それでもよかったらて言うたら、涙を流さんばかりに岩田さんは喜んでくれはりました。

ほんま言うたら、『木嶋神社』に電話して、今日お話しなさってた六つの岩て、岩田六郎さんのことですか、て訊きたかったんですけど。

九代目を継ぐことに決めて、最初の仕事やと思うて決断しました。

なんらかの事情があって、岩田さんは記憶をなくしてしまわはったんや。しばらくのあいだは、そう信じることにしました。もちろん、なにかしらの情報が入ってきて、はっきり分かったら、それなりの対処はせんならんと思いますけど。

お昼の神官さんといい、この岩田さんといい、謎だらけのお話ですけど、お店を立て直す案もほかに浮かばへんので、この不思議話に賭けてみることにしました。

敷地のなかに寮があって、うまいことひと部屋空いてたていうのも、神さんの思《おぼ》し召しかもしれまへん。

小さいボストンバッグひとつ、ていう荷物やさかい、ことはスムーズに運びます。とにかく部屋に入って休んでもらうことにしました。

細かいことは明日の朝から考えたらいいじゃないか、て旬さんも言うてくれはったんで、そないすることにしました。

昨日の夜の夢から、今朝の『木嶋神社』、岩田六郎さん、と立て続けに遭遇《そうぐう》したもんやさかい、興奮してなかなか眠りに就けしません。ひょっとしたら、また父が夢枕に立って、なんぞアドバイスしてくれるんと違うやろか、て期待したんですけど、結局現れず終《じま》いでした。

3

　夜が明けたら姿を消してはるかも。そんな気もしてたんですけど、岩田さんは姿を消すどころか、朝早《はよ》ぅから板場に入り込んで床掃除をしてはるのには驚きました。

　調理場を熱心に掃除する料理人は、それを天職やと思うとる。父はいっつもそう言うてました。岩田さんもそう思うてはるんや。なんや胸が熱ぅなりました。

「おはようございます。岩田さんも差し出がましいことをして申しわけありません。くせになってますので、お気になさらんでください」

　グレーのジャージはだいぶくたびれてます。店の作業着をわたしたげんと。

「おはようさん。えらい早《はよ》ぅから気張《きば》ってくれてはるんやな。これを着とぉくれやす」

　さすがは宜さん。よう気が付かはります。

「ありがとうございます。この二葉葵《ふたばあおい》の紋《もん》にはずっと憧れていました」

　岩田さんは白衣の胸に刺繍《ししゅう》してある『紀ノ森山荘』のロゴマークを撫でながら目を潤ませてはります。

　京都三大祭りのひとつ、葵祭《あおいまつり》でもよう目に付きますけど、二葉葵は『下鴨神社』と『上賀茂神社《かみがもじんじゃ》』の神紋《しんもん》です。うちの店も三代目になって、ようやく紋様を使わせてもらうようになったて聞いてます。

この御紋に恥じんような商《あきな》いをせんとあかん、て、いっつも父が言うてました。

料理の腕前は未知数やけど、今のところ岩田さんを帰さへんかったんは正解やと思うてます。

けど問題は板場のなかの空気です。

うちには萩原次郎《はぎわらじろう》という料理長をトップに、十人を超える料理人がいるのですけど、みんな四十歳以下の若い人なので、老齢て言うてもええような歳の岩田さんは異色の存在です。

突然そんなひとが入ってきて、板場のなかが丸ぅおさまるやろか、それが心配のタネです。

時が経つのは早いもんで、突然岩田さんがうちに飛び込んできはって一週間が過ぎました。

京都は狭いとこです。どこの料理屋さんで、どんなひとが働いてるのか、たいてい知られてます。

調理師紹介所から雇い入れたときだけやのうて、料理屋から料理屋へ移動したときやとか、調理師学校から就職したときも、ほとんど同業者のあいだでは筒抜《つつぬ》けです。

昨日の話はもう今日には伝わる。そんな京都の料理屋業界ですから、岩田さんの話もあちこちで噂《うわさ》されてるやろと思います。

その岩田さんはほんまに古風な料理人です。

旬さんの代になってから、料理内容を刷新して、ある意味で料亭らしさをなくしてたんですけど、岩田さんはむかしながらの料理を作りたがってはるんです。

これこれ、こういう料理を作りたい。そう言わはるもんがみな、言うたら悪いけど古臭いもんですねん。父が生きてたら涙を流して喜びそうな料理ばっかりです。

新しい料理ばっかりやと、ごひいき筋のお客さんが離れるのと違うやろか、とずっと思うてきましたんで、それはほんまにありがたいことなんですけど、なんやしらん腑《ふ》に落ちません。

このひといったいなにもんなんやろ。不思議で仕方ありません。今どき、こんな古風な料理を作りたがる料理人なんて、めったにやはるもんやない。どこでどんな仕事をしてはったんやろ。

不思議に思うたんは、わたしだけと違います。大番頭の宜さんもおんなじ気持ちやったみたいで、八方手を尽くして、いろいろと調べてみはったらしいんです。

それで分かったことをわたしだけに報告したいて言うたんで、朝仕事の合間をみて、時間を作りました。みなには内緒にしといたほうがええ。宜さんがそう言うてはるので、密談ていう感じです。

ふだんはめったに使うことのない離れのお茶室は、狭《せも》うて暗いんですけど、こういうときにはぴったりのお部屋です。

せっかくの茶室やさかい一服点《いっぷくた》てることにしました。料亭の主人たるもの、お茶の一服や二服、さりげのう点てられんとあかんのですけど、コロナのせいもあって長いことお稽古《けいこ》してへんので、ぎくしゃくしてしまいます。

お釜のお湯がしゅんしゅんと音を立てながら湯気を上げてます。斜め向かいに座ってはる宜さんは、柄《がら》にものう緊張してはるみたいです。

手順を考えんならんようではお茶人失格ですけど、なんとか点てることができてホッとしました。

「どうぞ」

楽茶碗《らくぢゃわん》を縁外《へりそと》に置くと、宜さんはにじってきて茶碗を手に取らはりました。

「気楽にしてもろたらよろしいえ」

「おおきに。女将さん手ずから茶を点ててもろて緊張せん番頭なんかこの世におりまへん」

席に戻った宜さんは正座しなおして、畳におでこを擦《こす》りつけはりました。

「お点前《てまえ》ちょうだいいたします」

店の従業員がみな揃うて、お茶の稽古を始めたんは父の代になってすぐやさかい、かれこれ三十年近《ちこ》うになる思います。緊張してるて言うてはるけど、宜さんはお免状も持ってはるぐらいやさかい、ふるまいも堂に入ったもんです。

きれいに音を立てて抹茶を飲みきって、お茶碗を置かはりました。

「もう一服どうです?」

「充分にてございます」

形どおりのやり取りをして、仕舞い支度をはじめると、宜さんが口を開きます。

「まずは氏素性《うじすじょう》を明らかにせんとあきまへん。『糺ノ森山荘』はどこの馬の骨とも分からん料理人を雇うとるぞ。そんなこと言われたら、うちの暖簾に瑕《きず》がつきます。ほんで岩田はんが持ってきはった履歴書がおますやろ。あれに書いてあった住所に葉書を送ってみたんですわ。ほしたら案の定、転居先不明いうことで戻ってきました」

宜さんが顔を曇らして、葉書を畳の上を滑らさはりました。

「千葉県南房総市千倉町南朝夷《みなみぼうそうしちくらちょうみなみあさい》一六八。どんなとこなんやろ。けど、ようあることですやろ。うちの店でも年賀状出したら、転居先不明で返ってくるのん、ようけありますやん」

「ところがどっこい。話の核心はこっからですわ。ちょっとこれ見とぉみやす」

わたしが言葉を返すと、宜さんは袢纏のたもとから折りたたんだ紙を出して、畳の上に置かはりました。

「なんですの？」

受け取って開いてみると、細かい字がようけ並んでます。ただでさえ老眼が始まったんと違うやろかと思うてるのに、暗い茶室やさかい読み辛いことこの上なしです。

紙を遠ざけたり、目を細めたりして、なんとか読み終えましたけど、ますます謎が深まりました。

そこに書いてあったことていうのは、岩田さんが持参しはった履歴書の住所を調べたら該当者は失踪《しっそう》宣告されてはった、ていうことなんです。

「役所に問い合わせたんですけど、今の時代は個人情報にうるそうて、役所ではなかなか詳しいことは教えてくれませんねん。しょうことなしに警察に訊ねたら、たまたま電話に出たひとが覚えてはって地元の新聞社を紹介してくれたんですわ。ほしたらこんな記事のコピーを送ってきてくれよった」

宜さんが新聞記事のコピーを炉縁《ろぶち》に広げはりました。

岩田さんて新聞沙汰《ざた》になったひとやったんやわ。えらいことです。慌てて読んでみたら、またぞろ謎が深まりました。

記事の内容をかいつまんで言うてみたら、今から二十年前、千葉県南房総市千倉町の千倉漁港近くの海岸で釣りをしてて、海に流されて行方不明にならはった男性が堤《つつみ》正二《しょうじ》ていうひとやということです。

「この堤さんて誰です？　岩田さんと関係あるんですか」

「岩田さんの履歴書の住所に住んではったひとです」

「なんのことかよう分からんのやけど」

「この住所に住んではったんは、堤正二はんただひとり。で、その堤はんは行方不明やていうことです」

宜さんはむずかしい顔してはります。

「で、岩田さんは？」

「さぁ。どない解釈したらよろしいやろ。岩田はんはほんまは堤正二ていう名前なんか、それとも住所を間違えて書かはったんか。わしには分かりまへん」

宜さんは口をへの字に曲げてはります。

わたしにも分かりません。けど、住所を間違えて書くはずはないし、わけがあって偽名《ぎめい》を使《つこ》うてはるのやろうと思いますけど、行方不明にならはったときに記憶喪失になったんかもしれません。

いずれにしても犯罪に絡んではらへんのやったら、余計な詮索はせんほうがええように思います。旬さんには相談せんとあかんやろけど。

「この行方不明になったままの堤正二ていうひとが、今うちに来てはる岩田さんていうことなんやろか」

なんや寒《さぶ》イボが出てきて、気味悪ぅなったんで、あわててコピーを返しました。

「役所も警察も、古い話やさかい、あんまり気にしとらん感じでしたな。遺体が海から上がらんと、そのままになってるみたいです」

宜さんはコピーを折りたたんでたもとに仕舞いました。

「ご家族とかはどないしてはるんやろ。へんな話やけど、生命保険のこととかもあるやろし」

「どうやら天涯孤独《てんがいこどく》やったみたいです。家族がおったら捜しつづけますやろ」

「寂しいひとなんやなぁ」

なんとのう、胸につかえてるもんがあります。

長いため息が出ました。

そんな話ですさかい油断はできしません。なにかことが起こったら警察に言わんとあかんやろ思います。

けど、どこからどう見ても悪いひとには見えしませんし、なにかを企んではるようにも思えません。

いちおう旬さんには報告しますけど、問題が起こらへん限り、この件はこのまま知らん顔してよと思います。見当違いかもしれんけど、神さんのお墨付きやし。

ふだんは温厚そのものやのに、料理のことになったら顔つきもガラッと変わらはるとこが、父によう似てます。

岩田さんが板場に入らはってから、ことあるごとに萩原と衝突しはって、毎日ハラハラしてます。

もちろん口争いだけで、暴力沙汰にはならへんのですけど、場の空気が険悪になることはときどきあります。まぁ、それだけふたりとも真剣に料理と向き合《お》うてるんやと喜ばんとあきません。

問題はどっちが主になるかです。今のところは萩原が板長《いたちょう》ですけど、板場のなかも岩田さん派がぼちぼち出てきたし、岩田さんが主導権を握ってはるように見えるときもあります。

降ってわいたようにして、突然岩田さんが板場に入ってきはったんやさかい、みんながすんなり受け入れるはずがありません。岩田さんの料理法に若い子らが猛反発して、一触即発の事態になったことも、一度や二度ではありません。

そんなことで夜も眠れへん日が続いても、先代主人の旬さんは、我関せずてな感じです。

宜さんが調べてくれはったことを、さらっと報告して、どうしたもんやろと旬さんに相談しても、明美の好きにしたらいいよ、の一点張りです。

行方不明の堤正二さんのことも、あんまり気にしてはらへんようやし、どっちが板長でもええ、みたいに言わはるし、ほんまに旬さんはのんびりしてはります。

それとは対照的に、お店のなかはますます分かれてきてます。宜さんは岩田さん派、悦子さんは萩原派と、板場のなかだけやのうて、全体も二分してしもて。

神さんのお告げていうか、夢枕に立った父のこともあるので、岩田さんを重《ちょう》用《よう》するのがええやろと思うんですけど、かと言って萩原を二番手に下げたり、ましてや放り出したりするわけにもいきません。

「両雄並び立たず、って言うんだからしょうがないよ。ひとつの板場に、ふたりの料理長が居たらまとまらなくて当たり前なんじゃないかな」

旬さんはあっさりそう言わはりますけど。

「けど、どっちかを切るてな非情なことはできしませんやん」

そう言葉を返します。

「むかしから一国一城の主《あるじ》、って言うじゃないか。彼らにとって板場は城同然なんだから、城の主はひとりで充分なんだよ」

旬さんの言わはるとおりやと、頭ではようよう分かっているんですけど、ずっとうちの板場を守ってきてくれてる萩原を切るなんてできひんし、かと言うて、父を慕《しと》うて飛び込んできた、それも神さんのお使いみたいな岩田さんを放り出すこともできしません。

寝ても覚めても、そのことが頭から離れへん日が続いてた、ある日、ふと思いついたんです。

そうや。板場をふたつにしたらええ。

突然そうひらめきました。

コロナが蔓延《まんえん》し始めてから、テークアウトは順調に伸びてます。お店のホームページで告知して、SNSやらも駆使して、宅配も宣伝したら、想像以上の注文をいただいて、うれしい悲鳴を上げてます。

この際、経費のかさむデパ地下やらの出店をぜんぶ閉めて、敷地のなかに持ち帰りの店を開いて、別の板場を作ったらええ。そうひらめいたんです。

そしたらお城がふたつになって、ふたりの城主が居てもええていうことになります。ええ考えですやろ。

すぐさま旬さんにその話をしましたら、いつもとおんなじ答えでした。

「きみの好きなようにすればいいよ」

ほんまにそう思うてはるのか、それとも気がないのか。いまだによう分かりません。

相談するとなったら、宜さんと悦子さんしかいません。

三人で顔つき合わせて話し合いました。

いつもとおんなじで、宜さんは石橋を叩《たた》いて渡る感じで、悦子さんは靴も履《は》かんと家を飛び出す感じです。

「なんぼ敷地がある言うても、建屋《たてや》を建てるにはそれなりの費用が掛かります。それも『糺ノ森山荘』の名を汚《けが》すような、ちゃちなもんは作られしまへん。持ち帰りやとか、宅配だけで収支が合いまっかなぁ」

口をへの字に曲げて、宜さんは何度も首を左右に振ってます。

「それは心配ない思いますよ。デパ地下の出店では売り上げから手数料を引かれてましたけど、それが要らんようになるでしょ。まるまる収入になりますやん。それに、ここでしか買えへんようになったら、お客さんがみな来てくれはるはずです。宅配も順調に伸びてますし、充分成算《せいさん》はあると思います。それでも心配やて大番頭さんが言わはるんやったら、イートインもやったらどうです？」

悦子さんの提案にびっくりするやら、妙案《みょうあん》やと思うやら。さすが長いこと仲居頭を務めてるだけのことはあります。

「イートインかぁ。母屋《おもや》とバッティングせなええんやが」

宜さんはどこまでも慎重です。

「メニューをガラッと変えたらええんと違いますやろか。母屋のほうはお昼の点《てん》心《しん》を除いたら懐石《かいせき》コース専門やし、こっちのほうはアラカルトていうか、手軽な定食をメインにしたらええと思いますよ」

なるほど。それやったら競合せんと済みます。

「そんな食堂みたいなもんできるかいな。歴史と伝統を誇る『糺ノ森山荘』が食堂やなんて」

鼻で笑《わろ》うて、宜さんはそっぽ向いてはります。

「そうですやろか。もともとうちは茶店《ちゃみせ》からはじまったて父から聞いてます。『下鴨神社』さんから頼まれて、文政元年に〈泉川茶屋《いずみかわちゃや》〉として創業したんがうちのはじまりやったんですやろ？　お団子《だんご》とお茶からはじまって、おにぎりやら、おいなりさんやらを売ってたて絵巻にも描いてありますやん。それやったら初代に戻る気持ちで茶店みたいな食堂を作ったとしても、なんにも恥じることはないと思います」

「さすが女将さん。ええこと言わはる」

悦子さんが拍手してくれはりました。

「そない言われたら、ぐうの音も出まへんわ。やってみなはれ」

やっと宜さんが折れてくれました。

「お店の名前は『泉川食堂』でどうですやろ？」

悦子さんの提案に宜さんも大きくうなずいてくれはったので、これで一件落着です。

泉川ていう川は『下鴨神社』の境内を流れている小川です。『糺ノ森山荘』のすぐ西側になるんですけど、ほんまに清流ていう感じがします。うちの敷地のなかの一番西側に建てようと思ってますし、『泉川食堂』ていうのはピッタリの名前やと思います。

たしかに宜さんの言うとおり、食堂ていう名前は料亭には不似合いかもしれませんけど、一から出直すていう意味でも、できるだけようけのお客さんに来てもらいやすうする意味でも、最適やと思います。

今まではお店の料理もテークアウトもおなじ板場で作ってましたけど、それを二か所に分けることで、萩原と岩田さん、ふたりを活かせる。我ながらええ思いつきやったと、ちょっと自慢しとうなります。

けど、萩原と岩田さんのどっちに料亭を任せたらええんやろ。きっとどっちも料亭のほうをやりたがらはるやろなぁ。そこが悩みどころです。次から次と悩みは生まれるもんですなぁ。

じゃんけんで決めるわけにもいきませんし、やっぱりここは料理の腕比べしてもらうのが一番ええやろと思い至りました。勝ったほうがどっちかを選べるという勝負です。もちろん勝ったら母屋のほうを取るに決まってますやろけど。

子どものころに読んでた料理マンガて、たいてい対決もんやったと思います。どっちが勝つんやろて、ワクワクしながら読んでたことを思いだします。

こっちはいたって真剣なんですけど、料理人のほうはどない思うやろ。お遊びやて思われたらあかんし、まずは本人らの意見を聞いてみんとあきません。

先に萩原に訊いてみました。

「料理対決？　なんやマンガの世界みたいですね。やらしてもらいまっせ。悪いけど岩田さんに負ける気がしませんから、喜んで」

自信満々の表情で萩原は快諾《かいだく》しました。

次は岩田さんです。

「わたしは一向にかまいませんが、板長には気の毒なことになるんじゃありませんかね」

皮肉っぽい笑みを浮かべた岩田さんも余裕しゃくしゃくです。

そらそうやわねぇ。料理人たるもん、料理作ったら誰にも負けへん。それぐらいの自信がなかったらやってられしません。

きっとまた、きみの好きにすればいいよ、て言わはるのに決まってるさかい、旬さんには相談しませんでした。宜さんと悦子さんは、えらいおもしろがってくれはって。これで決まりですわ。

なんやおもしろいことになってきました。て、高みの見物ていうわけにはいきません。対決してもらうからには、誰かが審査せんなりませんし、テーマも決めんとあきません。

旬さんと相談して、審査員は旬さん、宜さん、悦子さんとわたしの四人にしました。それが順当ですやろ。

問題はテーマですわ。

萩原は革新派で、岩田さんは伝統派やさかい、どっちかに有利になったり不利になったりするもんはあきません。それと、あんまり高級な食材やったら、勝ち負けが分かりにくいんと違うかな思います。

さんざん考えたあげく、料理対決のテーマはイワシに決めました。なんでかて言うたら、わたしの苦手な食材がイワシやからです。どんなに新鮮なイワシでも、子どものころから生臭く感じてしまうので、それを払しょくするような料理を食べてみたいんです。

それにイワシやったら煮ても焼いても、いろんなふうに料理できますやろ。おまけに安い。

庶民的《しょみんてき》なお魚やさかい、むかしからいろんな料理法があります。塩焼《しおやき》やとか梅煮やとか、誰でも思いつくような料理を最高の調理法で食べさせてもろたらうれしいし、これまでになかったイワシ料理を食べてみたい気もします。ものすご愉《たの》しみですわ。

あれこれ考える時間が要るやろし、料理対決の食材をふたりに告げてから、一週間後に対決の場を設けることにしました。

イワシ対決やて言うたら、萩原も岩田さんもちょっと予想外やったみたいで、一瞬びっくりしたような顔をしてはりました。

「イワシですかぁ。簡単なようで難しい食材ですわ。たぶん岩田さんは直球で来はるやろから、ぼくは変化球でいかんとあかんなぁ」

萩原の目がキラッと光りました。

「はっきりした記憶はないのですが、わたしはいやというほどイワシ料理を作ってきたような気がします」

岩田さんがそう言わはるのも、もっともなことです。千葉県の南房総ていうたらイワシで有名なとこですやろ。そこで料理人してはったんやったら、イワシ料理をたんと作ってはったはずです。

べつに岩田さんをひいきしようていう気持ちは毛頭ありませんけど、岩田さんか堤さんか、そのへんもイワシ料理作ってもろたら、なんか分かるのと違うやろか、ていう淡い期待も込めてイワシ対決にしたことは、わたしの胸のうちだけにおさめときます。

4

期限の一週間なんてあっという間です。とうとう対決の日になりました。

早起きして店に行ったつもりやけど、玄関先で箒を動かしてはる宜さんは、もう掃除をあらかた済ませたみたいです。

「今日はえらいめずらしい恰好《かっこう》してはりますな」

宜さんが目を白黒させてはるのも、もっともです。九代目を継ぐにあたって、どんなコスチュームにしようかと、さんざん迷うたんですが、思い切ってお山の仕事着スタイルにして、今日初めて着てみたんです。

「どないです？　よう似合いますやろ。タチカケにしてみたんですけど」

くるっと回って見せてみました。

「へえ。鄙《ひな》びたっちゅうか、素朴っちゅうか、その、あれですわ」

宜さんは奥歯にものがはさまったような物言いをしてはります。

「もっさりしてるなぁ、と思うてるんやろけど、そこが狙いなんです。料亭の女将でございます、てな着物姿もありきたりやし、そやけど前みたいなパンツスーツも広報係みたいやし、うちの初代の茶店時代に戻って、お山の仕事着にしてみたんです」

「なるほど、そういうわけでしたか。たしかにうちの店は山荘っちゅう名前が付いとるように、むかしは峠の茶屋みたいな造りやったそうですな。まぁ、だんだん馴染んできますやろ」

「タチカケもパステルカラーに染めたさかい、野暮ったならへん思います」

何着か誂《あつら》えたタチカケは、どれも水縹《みはなだ》色やら浅葱《あさぎ》色とか、明るいはんなりした色に染めてもらいました。

着物だけ着てるよりうんと動きやすいし、パンツスーツと違うて、和のイメージが強ぅなるし、九代目にピッタリやと自画自賛してます。

急いで板場に向かいましたけど、いつもよりうんと動きやすいです。

きっとふたりとも寝られへん日が続いたと思います。板場に充血したふたりの目が並びました。

決して狭い板場ではないのですが、ひと目見ようとするスタッフが詰めかけてきて、審査員席が窮屈《きゅうくつ》に感じます。ふたつ並んだ調理台でふたりが料理をはじめると、節分《せつぶん》前の厳寒の時季やのに汗ばんできます。

不公平にならへんように、食材のイワシはおなじ魚屋さんから仕入れました。調味料やら器具やらも一緒です。余計なもんは持ちこまんようにしてもらいました。ふたりにはいつもどおりに調理してもろてます。

制限時間は一時間で、そのあいだにイワシの料理を二品仕上げてもらうんですけど、どっちも手際《てぎわ》がええのに惚《ほ》れ惚《ぼ》れします。

口では余裕でしたけど、実際に料理をし始めると、ふたりとも鬼のような形《ぎょう》相《そう》で、調理に集中してはります。

若い子らはみな首を伸ばせるだけ伸ばして、食い入るようにふたりの手元を見つめてます。

見てると、萩原の手際の良さが目立ちます。ちゃっちゃと、よどみのう手が動いてますけど、岩田さんのほうは武骨ていうか、ぎこちのう見えます。それがお歳のせいか、長いブランクがあったせいかは分かりません。

もっと言うたら、手際がええほうがええのか、動きが遅いほうがええのかも分かりません。ウサギと亀の話もあることやし。

最初の十分ぐらいは、ふたりがどんな料理を作ろうとしてるのか、ぜんぜん分からへんかったんですけど、三十分が経とうとしてるころには、おぼろげやけど見えてきました。

審査員席は奥まってはいるんですけど、ふたりの真正面やさかい、まさに手に取るように分かります。

それを周囲で見ているほうも力が入ります。若い子らのあいだから、時折ため息が聞こえてきます。

岩田さんの料理は分かりやすいです。なんとのう出来上《できあ》がりも想像つきますけど、萩原のほうは見てるだけでは予測がつきません。わたしらが知ってる日本料理とは別の世界で仕事してるような感じがします。

若い子らも、萩原の調理を見ながら首をかしげてます。

制限時間も残り少のうなってきたころには、ふたりがまったく違う料理を作ってることだけは、はっきり分かってきました。

固唾《かたず》を呑《の》んで、というのはこういうことなんですね。一時間経って宜さんが合図して、料理対決が終わったら、喉《のど》がカラカラになってました。

包丁を置いたふたりとも、肩で息をしてますさかい、全力を出し切ったんやろ思います。

――手先もだいじやが、身体ぜんたいを使《つこ》うて料理せんと旨《うま》いもんはできん――

父はようそう言うてました。

――料理人はアスリートなんだよ――

旬さんが常々言うてることも、こうして見てたら、すとんと腑に落ちます。

いよいよ試食の時間です。ふたりの料理が審査員席に運ばれてきました。

先に説明をするのは岩田さんです。

「いいイワシだったので素直に調理させていただきました。なめろうと梅煮の二品です」

思ったとおり岩田さんは正統派でいかはりました。

「アヒージョは生姜《しょうが》をアクセントにして、フリットのほうは大葉《おおば》を利《き》かせてます」

萩原は創作系やけど、ちゃんと和の風味を生かしているのがさすがです。

盛付《もりつけ》は岩田さんのほうがていねいなように思います。

早速なめろうのほうから食べてみます。

なめろう言うたら、たしか房州《ぼうしゅう》の郷土料理です。切り身を刻んで、味噌《みそ》とネギ、ショウガやミョウガを交ぜて包丁で叩いたもんやけど、あっさりと美味《おい》しおす。

口に入れた瞬間から分かります。イワシ臭さがまったくありません。なめろうは生の身を叩いて作るんですけど、イワシのお刺身《さしみ》独特の、あのお魚臭さがどっかに消えてしもてます。どんな魔法を使わはったんやろ。

「臭み消しにはなにを使ったんだろうね。特に変わったことをしたようには見えなかったんだけど、まったく生臭さを感じないね」

隣の旬さんが耳打ちしてきはりました。ほんまに夫婦て似るんですねぇ。

今度は梅煮のほうです。

まるごと煮てあるんですけど、骨が気にならしません。梅の味がちょっとキツ過ぎるような気がせんこともありませんが、これもイワシの臭みを消すためやろうと思います。特別な工夫なんかせんでも、丁寧に身を洗《あろ》うたら魚の臭みは消えるもんや。父が常々言うてたことを岩田さんは実践しはったんでしょう。やっぱり王道に優るもんなし、ですね。

ふた品とも、どこででも食べられる料理のようやけど、ひと味もふた味も違います。これやったら魚嫌いの子どもでも食べられる思います。

次は萩原の番です。

イワシのアヒージョて初めて食べます。

オリーブオイルに浸かったイワシは、オイルサーディンによう似てますけど、生姜が利いてるせいか、不思議と和食の味がします。

ニンニクも入ってるような気がしますけど、生姜が勝ってるせいで気になりません。萩原らしい一品です。

イワシを大葉で包んで揚げたフリットは、アジフライみたいな感じです。あんまり工夫がないように見えて、どことのう新しさを感じるのはなんでなんやろ。

「イワシに下味を付けて揚げてあるみたいだね。だからソースが要らないんだ」

旬さんが耳打ちしてくれはったんで謎が解けました。

たしかに下味が付いてます。竜田《たったぁ》揚げとよう似た下地みたいです。そこになんか足してあるなぁ。なんやろ。

ふた切れ食べて分かりました。チーズやと思います。粉チーズがイワシにまぶしてあるんと違うやろか。そのせいか、口当たりもやらこうてええ感じです。

最初から思うてたとおり、岩田さんは直球勝負で、萩原は変化球攻め。どっちも自分の持ち味を充分出し切ったようです。

さぁて。どっちの勝ちにしよかしらん。

甲乙つけがたいので悩みます。四人の審査員はみんな、どっちも勝たせたいと思うてるさかい、眉間にしわ寄せて首をひねってます。

源平《げんぺい》に倣《なら》って、萩原は白、岩田さんは赤。勝ちやと思うほうの札をあげることになってますけど、四人ともまだ迷っていて、赤を持ったり、白を持ったりと、難しい顔して何度も持ち替えています。

わたしもおんなじです。

生まれつきスパッと割り切る性質なんで、どんなときも迷うことはほとんどありません。

――ようそんな簡単に答え出せるなぁ。竹を割った性格て言うてええのか、明美は男に生まれてきたほうがよかったんと違うか――

父はいっつもそう言うてました。

旬さんと一緒になるて決めたときも、ほんまに一瞬でした。初めて会うて三十分後にはもう結婚しょうて思いました。

そんなわたしでも、今回ばっかりは迷いに迷うてます。

歴史と伝統を誇る料亭の板長か、できたばっかりの食堂の料理長のどっちかになる。そんな人生の一大事《いちだいじ》を決めるんですから、迷うのは当然のことです。

とは言うても白黒ははっきり付けんなりません。

「いつまでも迷うてられませんし、そろそろ札をあげてください」

わたしの言葉で、心が決まったんか、みな一斉に札をあげます。

きっと二対二になると思ったんですけど、意外なことに、赤をあげたんはわたしだけで、白が三枚あがりました。萩原の勝ちです。

ぽかんと口を開いたままのわたしを見て、宜さんが口を開きました。

「岩田はんの料理はたしかに正統派ですけど、今の時代には向かんやろうと思います。特に若い人にはねぇ」

宜さんが首をかしげはると、旬さんも悦子さんも大きくうなずかはりました。

旬さんと悦子さんはともかく、保守的な宜さんは絶対に岩田さんを取るやろうと思うてたんで、ちょっとびっくりしました。

どんなに悔しい顔をしてはるやろと思うて見たら、意外と岩田さんはさばさばしたはるようです。

「わたしはこういう料理しか作れません。それでもよければ売店と食堂で働かせてください」

潔く負けを認めはったみたいで、岩田さんが頭を下げてはります。

「もちろんです。おふたりで力と知恵を合わせて『紀ノ森山荘』をよろしくお願いします」

わたしはふたりに向けて腰を折りました。

「引き続き料亭のほうをがんばらせてもらいます」

どこまで自信があったんかは分かりませんが、萩原は顔を紅潮させてます。

「これで一件落着ですな。九代目はんにはより一層気張ってもらわんと」

宜さんが横目でわたしを見て、コホンと咳払《せきばら》いしはりました。こういうときの宜さんの目ヂカラは鋭いもんがあります。思わず目をそらしてしまいました。

負けはしましたけど、岩田さんの料理は萩原に一歩も引けを取らん、ええ料理やったと思います。

岩田さんには気楽にやってもろたらええと思います。食堂やさかい誰でも気軽に入れて、手ごろな値段で美味しいもんをサクッと食べられるような、そんな店にして欲しいと思いますし、岩田さんやったら充分その期待に応えてくれはるに違いありません。

萩原は萩原で、勝負に勝って自信も付いたやろし、岩田さんが板場に入ってきはったことで、モヤモヤしてたもんが晴れたでしょう。

晴れやかな顔して若い子らに囲まれてます。

料理対決なんかして、ふたりに遺恨《いこん》が残るのと違うかしらんと思ったりもしましたけど、負けた岩田さんも、爽やかな顔で調理台を丁寧に拭いてはるのでホッとしました。

ほんまの一瞬ですが、岩田さんの姿に若いころの父の姿が重なりました。

不思議なことに、わたしのなかの父は、料理をしているときより、鍋を磨いたり、床を掃除したりしてるときの姿のほうが印象に残っています。

調理器具も元に戻して、岩田さんが調理台に手を合わせて深々と頭を下げはりました。こんなとこも父とそっくりです。

そのときです。帰りかけてた萩原が、板場中に響き渡るような大きな声をあげました。

「岩田さん」

驚いた顔をした岩田さんが返事をしはりました。

「はい。なんでしょう」

そのあと、誰も予想もしなかった事態が起こるんですけど、そのお話はまた次回に。

第二話

# 筍《たけのこ》料理対決

1

『糺《ただす》ノ森《もり》山荘』の女将《おかみ》業に専念するようになって、いきなりこんな、どんでん返しになるやなんて、思うてもいませんでした。

料理長を決める料理対決は、これまで長いこと板場《いたば》を仕切ってきた、萩原次郎《はぎわらじろう》の勝利に終わって一件落着した。その場にいる誰もがそう思うたんです。

それがまさかこんなことになるやなんて、神さまでも予測できひんかったんと違うかしらん。

「岩田《いわた》さん」

帰りかけてた萩原が、びっくりするような大きい声をあげたんです。

「はい。なんでしょう」

怪訝《けげん》そうな顔つきをして、岩田さんが返事しはりました。

萩原はうつむいたまま、口をかたくとじてこぶしを握り締めてます。

「なんや萩原。どないかしたんか？」

板場を出ようとしていた大番頭《おおばんとう》の伏原宜家《ふせはらのりいえ》が、心配そうに萩原を振り返りました。

「この勝負、ぼくの負けです」

うつむいた萩原がきっぱりと言い切ったもんやさかい、みんなポカンと口を開いて、不思議そうな顔をしてます。

なにがどうなったんやら、さっぱりわけが分かりません。みんな萩原の顔を見ながら、首をかしげるだけです。

「突然なにを言いだすんやな。たった今あんたの勝ちが決まったとこやないの」

わたしがそう言うと、萩原以外はみんな大きくうなずいてます。ただひとり、萩原だけは、首を横に振ってうなだれてます。

勝ち負けを決めたんは萩原と違《ちご》うて、わたしら審査員のほうです。わたしらがなにか間違うてたとでも言うんやろか。いや、仮にそうやとしたら、異を唱えるのは萩原やのうて、岩田さんのはずです。なにをもってして、自分の負けやと萩原が言うてるのか、まったく分かりません。

「なんでそんなことを言うのか、ちゃんと説明してくれんと、なにがなんや分かりませんやん」

みんなを代表して、訊きなおしました。

「女将さん、すんませんでした。料理対決に夢中になってしもて、先々代からの教えをすっかり忘れてしまいました。料理勝負以前に、料理人としてぼくは失格です」

萩原は唇を嚙《か》んだまま、床に目を落としてます。

「先々代の教え？　なんのこと言うてるの？」

父の顔を思い浮かべながら、萩原が言うたことを頭のなかで繰り返してみてます。

あれやろか、これやろか。父が口を酸っぽうして言うてたことを思いだすうち、はたと思い当たりました。

「そうか、そういうことやったんか。板場の神さんのことやね」

思わず手を打つと、萩原がやっと顔を上げました。

「はい。板場には神さんが居てはる。料理をはじめるとき、終わるとき、きちんと後片付けをして、神さんにお礼を言うのを忘れたらあかん。どんなええ料理を作っても、それを忘れたら料理人失格や。いっつも先々代にそう教わってたのに、今日に限ってうっかり……。岩田さんが最後に頭を下げはったんを見て、やっと気づいたんです。お恥ずかしい限りです。このままぼくがこの板場に居座ったら、板場の神さんにも、先々代にも申しわけが立ちません。よろしゅうあとを頼みます」

萩原が岩田さんの前に出て、深々と頭を下げました。

「なにをおっしゃいます。頭を上げてください。料理対決で板長《いたちょう》を決めるという約束にしたがって、勝利した萩原さんが引き続き板長を続けるのが筋《すじ》というものでしょう」

岩田さんも困惑してはります。

宜《のり》さんが岩田さんに顔を向けはりました。

「ひとつ訊いてよろしいか?」

「なんでしょう?」

岩田さんは身体《からだ》の向きを変えて、宜さんの目を見てはります。

「さっき最後に頭を下げはったんは、やっぱり板場の神さんに向けてでっか?」

宜さんが訊ねはりました。

「神さまと言えば神さまかもしれませんが、わたしが頭を下げたのは、板場そのものにです。わたしが仕事をするのを助けてくれる、板場のすべてに対して、感謝の気持ちを表しただけのことです。誰に教わったわけでもなく、いつでも自然とそうしてしまっています。それを神さまと言うのかもしれませんが」

思わずわたしは拍手してしまいました。

「父が板場の神さん、て呼んでたんは、今岩田さんが言うてはったこととまったく一緒です。小さいころ、この板場で遊んでて、父にこっぴどう叱られたことがあります。ここは子どもの遊び場やない。料理人が真剣勝負する神聖な場なんや。こんなとこで遊んでたら、神さんが罰《ばち》を与えはるぞ。ものすごい怖い顔して、そない言うてました」

「そうでしたな。わしもすっかりその話を忘れてました。板場の神さんは、神棚だけにやはるんやない。あっちにもこっちにも居てはるんや。先々代がそう言うてはったんを思いだしました」

岩田さんが片付けはったあとの板場を見まわして、宜さんは何度もうなずいてはります。

さて、どないしたもんですやろ。

萩原の言い分ももっともやけど、それやったら料理勝負の意味がなくなりますやん。

父やったらどう判断するやろ。そう思うてたときです。

「新しい料理長は岩田さんでいいんじゃないか」

先代主人、つまりわたしの夫でもある旬《しゅん》さんが、さらっとそう言わはりました。

「わしもそう思います。当の本人の萩原が負けを認めてるんやさかい、それを尊重しまひょ」

宜さんの言葉に、悦子《えつこ》さんもこくりとうなずかはりました。

けど、岩田さんがどう思うてはるか、が肝心です。負けやて言われたのに、勝ちを譲られたみたいで、プライドに瑕《きず》が付かんとも限りません。頼むしかないですやろ。

「岩田さん。萩原も言いだしたらあとには引かん性格ですさかい、ここはひとつ、曲げて引き受けてもらえませんやろか」

岩田さんに頭を下げて頼みました。

「本当にそれでいいのですか？　肝心の料理対決では板長が勝ったのですよ。負けたほうのわたしが新しい料理長になるというのは、どうにも納得がいかないのですが」

萩原に負けんぐらい、岩田さんも頑固ですわ。

「どんなことでも礼にはじまって礼に終わる、っちゅうのが日本の仕来たり、というか伝統です。それをきちっと守ってこそ、歴史ある『糺ノ森山荘』の板長ですわ。わしからも頼みます。岩田はん、この板場を仕切ってください」

宜さんが頭を下げはったんを見て、あわてて旬さんもおんなじ仕種《しぐさ》してはるのには、苦笑いするしかおへん。

「分かりました。みなさんに頭を下げられて引っ込むわけにはまいりません。先々代とのご縁もあることですから、お引き受けさせていただきます。ただし、ひとつだけ条件があります」

みんなを見まわして、岩田さんが唇をまっすぐ結ばはりました。

「なんですやろ？」

みんなを代表して訊きました。

「これからも料理で対決させてください。そして勝ったほうがこの板場を仕切る、ということでいかがでしょう」

岩田さんらしい提案やけど、現実的には難しいと思います。料理対決のたんびに板長が替わってたら、板場の子らも混乱しますやろ。雑誌やらの取材を受けるときも、たんびたんび板長が替わってたら、あの店はいったいどないなってるんやろ、て不審がられます。

「悪い話やない思いまっけど、そないしょっちゅう板長が替わっとったら、お客さんも困惑しはるに違いありまへん。けど、絶えず料理対決をして、緊張感を持って板場をあずかってもらう、いうのはええ考えやと思います。どないですやろ、中をとって一年間の勝ち負けの数で、次の年の板長を決めるようにしたら」

さすがは宜さん。ええ案を出さはりますわ。

年に一回替わるくらいやったら、そない板場も混乱せえへんやろし、宜さんが言うとおり、緊張感が保ててええかもしれません。

「それがええとわたしも思います。年に三回、いや五回にしまひょか。五回やったら奇数やさかい、必ず勝ち負けが付きます。それでどないです？」

岩田さんの考えを訊きました。

「承知しました。わたしに異存はありませんが……」

岩田さんが顔色を窺《うかご》うてはると、萩原はしっかり首を縦に振りました。

「のぞむところです」

「よっしゃ。ほな、これで決まりですな。今年一年間、この板場は岩田六郎《ろくろう》はんに仕切ってもらいます。ほんで年五回の料理対決で勝ったほうが来年の板長になる。これでいきまひょ」

宜さんはうれしそうな顔して、なんべんもうなずいてはります。

「ひとつ確認させてください。女将さんは年に五回とおっしゃいましたけど、すでに一回済みましたね。ということはあと四回ということでよろしいか？」

萩原がみんなの顔を見まわしてます。

「それでええんと違いますかね」

悦子さんが真っ先に同意しはりました。

「そういうことになるね」

旬さんも残り四回でええて言うてはります。

「そうしまひょ」

宜さんも異議は唱えはりません。

「ほな、これで決まりやね。あと四回の料理対決が終わるまでは、岩田料理長、よろしゅうお頼もうします」

お座敷やったら三つ指つくとこですけど、板場のなかではそうはいきません。深《ふこ》ぅ腰を折って岩田さんにお願いしました。

2

こない長いことコロナ禍が続くとは思ってもいませんでした。日本中、いや世界中のひとがそう思うてはったと思いますけど。

女将になってから、まさか、ばっかりが続きます。これも神さんが新米女将に与えはった試練やと思うて、しっかり乗り越える気概だけは持ってます。

春になっても、いつもの年みたいに晴れ晴れとした気分にはなれしません。なんべんも波に襲われて、もうコロナが当たり前みたいになってしまいました。

梅が咲いて、桃も咲いて、そろそろ桜が咲くのと違うやろか、ていう季節は、ほんまやったら一年で一番心が弾むころです。

去年もそうやったけど、今年もやっぱり、なんや重苦しい空気が京都の街を覆いつくしてます。

けど、『糺ノ森山荘』の別館『泉川《いずみかわ》食堂』を造っといてホンマによかったです。

コロナの感染者が増えて、まん延防止等重点措置やら、緊急事態宣言やらが発出されるたびに、お店も営業時間や内容を変更せんならんので大変でした。

せっかくお店を開けてもキャンセルばっかりでしたし、正直なとこびっくりするような赤字続きになりました。

さいわい銀行さんも協力的なんで、なんとか潰《つぶ》れんと済んでます。

ふつうの会社さんやったら、リモートワークとか言うて、出勤せんでもお仕事できるみたいですけど、料亭ではそうはいきません。スタッフはほとんど仕事がないので休みばっかりです。それでもたいせつな従業員さんやさかい、お給料も極力減らさんようにしてます。帳簿見たら頭が痛《いと》ぅなります。

そのピンチをなんとかしのげてるのは『泉川食堂』のおかげです。

簡単な一品もんやったら、お客さんも気楽に来てくれはりますし、なんていうてもテークアウトがよう売れてますねん。洋風のお子さま弁当やなんて、これまでの『紀ノ森山荘』では考えられへんようなメニューもえらい人気です。

自分から言いだしたこととは言え、しばらくは板長陥落ショックでくさってた萩原も、まさに水を得た魚《うお》で、毎日生き生きと仕事してます。

対照的に板長になった岩田さんは、いっつも苦虫《にがむし》を嚙みつぶしたような顔して板場に立ってはります。

なんぼええ腕を持ってはっても、お客さんが来はらへんことには、力の発揮しようがありません。

「不甲斐《ふがい》ないことで申しわけありません」

わたしの顔を見るたんびに謝らはるんですけど、

「なにを言うてはりますの。謝らんといてください。岩田さんのせいやない。コロナのせいですやん。ワクチン接種もだいぶ進みはじめたみたいやし、もうちょっとの辛抱やと思いますえ」

そう言うて励ましてますねん。もうちょっと、もうちょっと言うてからだいぶ経つんですけど。

ほんまにコロナには手を焼いてます。

そうは言うても、季節はちゃんと巡ってきます。春の陽気ていう言葉が似あう朝になりました。

営業時間の短縮やとか、お酒の提供禁止やとか、いろんな制約を加えられますけど、うちみたいな料亭は、人数制限が一番こたえます。冠婚葬祭をはじめとして、大勢の方が集まって会食してくれはるのが、料亭の醍醐《だいごみ》味です。ぶっちゃけ言うたら、宴会で稼がせてもろてます。それが四人以上での会食は自粛て言われたら、商売上がったりです。感染を広げたらあかんさかい、もちろん協力はしてましたけど。

朝の掃除をしてくれてはる宜さんと、そんなことをぼやいてたときです。岩田さんが小走りで近づいてきはりました。

「女将さん、ちょっとご相談があるんですが」

よっぽど急いではったんか、息を切らしてはります。

「なんですの、相談て」

そう訊くと、宜さんは竹箒《たけぼうき》を壁に立てかけはりました。

「なんやったらわしは席外しまひょか」

「いえ、よかったら大番頭さんも聞いてください。お客さんのことなんですが、今の規制を逆手に取って、四人さまプランというのを売りだしたらどうかと思いまして」

「なんぞ事件でも起こったんかと思うたら、そんなことでしたんか。料理だけやのうて、そこまで考えてもろてるやなんて、ありがたいことです」

岩田さんの提案は、ちょっとおもしろそうです。

「四人さまプランっちゅうことは、四人でしか食えん料理っちゅうことかいな」

宜さんはあんまり気乗りしてはらへんみたいです。

「はい。その代わり三人分の料金で四人さまに召しあがっていただく、というプランですが」

「なるほど。四人集まったら、ひとりはただで食べられる、いうわけやね」

何パーセント引きやとか、細かいことでは、お客さんの気を引くことはできしません。

けど、ひとり分がただ、となったら話は別です。きっと、ようけのお客さんが興味持ってくれはる思います。ただひとつ問題があって、安売りセールみたいになってしまうと、歴史ある料亭の名を汚《けが》すことになりますし、そこをどうカバーするか、です。

「三人分の料金で四人の食事。ふむ。ええかもしれんな。けど、もうひとひねりせんと、特売みたいになってしまいまっせ」

顎《あご》に手を当てて、宜さんが頭をひねってはります。

「期間限定にするのはいかがでしょう」

そんな岩田さんの提案に、宜さんが反論しはります。

「ありきたりで、さほど興味を引かんやろ思いまっせ」

「日にちで限定するのではなく、食材で限定するんです。たとえば良質の筍《たけのこ》が入手できるあいだに限る、といったように」

「それはええんと違う？　特売のイメージも払しょくできそうやし」

すぐに賛成しました。

「洛西塚原《らくさいつかはら》の田伏農園《たぶしのうえん》さんから、朝掘りの良質な筍が届く日に限る、ということでいかがでしょう」

思うてた以上に岩田さんの押しは強いです。

「なるほど。それやったらええかもしれん。うちの店のこだわりがお客さんにも伝わりますしな。けど、朝掘りやさかい、その日にならんと、ええ筍が入るかどうか分からんのと違いますか？　早《はよ》うから予約できしませんがな」

宜さんの言うことも、もっともです。

「だからいいんじゃないですか。当日のお愉《たの》しみ。しかも早い者勝ち、というふうに宣伝すれば興味を引くでしょうし。ちょっとしたギャンブルですから、射幸《しゃこう》心《しん》もあおれます」

苦笑いしながらも、岩田さんは自信ありげに胸を張ってはります。

「幸いなことに、て大きい声では言えしませんけど、コロナで自粛してはるひとが多いさかい、たいがいのひとは先の予定を入れてはらへんでしょう。その日の朝になって、よっしゃ、今夜はここへ食べに行こうか、と思うてくれはるんと違うやろか」

「なるほど。そう言うたらそうですな」

わたしの考えに宜さんは納得してくれはったみたいです。肝心なことはどんな料理にするかです。

「お料理はどないしましょ。やっぱり筍尽《づ》くしですか？」

岩田さんの考えを訊いてみました。

「いえ。なんとか尽くしというのは飽きますから、筍料理をメインにした懐石《かいせき》仕立てでいきたいと思います」

きっぱりと言い切らはった岩田さんの言葉どおりです。尽くし料理て絶対飽きます。

萩原は尽くし料理が好きみたいで、夏は鱧《はも》尽くし、冬は蟹《かに》尽くしていうふうなコースを組んで提供するんです。どっちかて言うたら、東京のお客さんは尽くし料理がお好きみたいで、そこそこ高い値付けしても選んでくれはります。

インバウンド全盛のころなんかは、中国からのお客さんが全員この尽くし料理を愉しんでくれはったもんです。

そのおかげで、旬さんも料亭の主人業を放っぽりだして、趣味の写真に夢中になってはっても、黒字続きでした。

わたしも外商やていうて、お友だちと遊んでばっかりやったさかい、えらそうなことは言えへんのですけど。

コロナはそのへんのことに、どない影響するんですやろ。わたしの好《この》みはさておき、やっぱり尽くし料理の人気は根強いんやろか。

「そうは言うても、筍の入荷次第や言うて宣伝するんでっさかい、なんぞ気を引く筍料理出さんとあきまへん。尽くしにせんでもよろしいけど、筍料理でお客さんを惹きつけんことには」

宜さんが釘をささはりました。

「もちろんそれは考えてあります。筍の旨《うま》みを最大限に引き出す料理をいくつか」

　きっと岩田さんのことやさかい、オーソドックスな料理を出さはるんやと思います。萩原やったらどんな筍料理を作るやろ。

　せや。ええこと思いついた。

「ちょうどよろしいやん。今回の料理対決は筍を使《つこ》うた料理でどうです?」

　顔色を窺《うかご》うてみると、岩田さんは即答しはりました。

「承知しました。異存はありません。萩原さんさえよければ」

「萩原が嫌やて言えまっかいな。これで決まりですな。わしも愉しみですわ」

　宜さんはもみ手をして、頰《ほお》を紅潮させてはります。

　すぐに萩原に伝えたら、料理勝負は明日でもええ、てなことを言うてました。ほんまに負けず嫌いですわ。

　筍料理対決は、一週間後ということになったんですけど、今回はおなじ筍やのうて、それぞれ別に仕入れることにしました。

　お造《つく》りでも食べられるような塚原の筍と、スーパーで売ってるような筍では、天と地ほど値段が違いますけど、料理のやり方次第では安い筍でも美味《おい》しい食べられます。どんな勝負になるのか、ほんまに愉しみですわ。

その夜のことです。

春やていうのに、肌寒い日が続いているさかい、我が家は毎晩のように鍋料理です。

雑誌の撮影の最中に旬さんからＬＩＮＥが入って、今夜は豚しゃぶが食べたい、て言うてきはりました。

なんでもイベリコ豚のええ肩ロース肉が手に入ったさかい、ていうことでした。

ときどき、こないしてええ食材を手に入れて持って帰ってくれはります。

どこから、どないして入手しはったんか、最初のころは不思議でした。

趣味で写真撮りに行ってきはっただけやのに、貴重な食材やらを持って帰ってきはるのはなんでやろ、て。

あるときから、なんとのうその理由が分かってきました。写真は趣味だけやないんですわ。仕事として撮影してはると思います。

ある女性誌の京都特集で、えらいええ写真やなぁと思うことがあって、どんな写真家さんやろ、とクレジット見たら、金田一《きんだいち》ムートンて書いてありますねん。

ひょっとして、と思い当たることがあります。金田一は旬さんの旧姓やからです。ムートンて、なんや外国人みたいやけど、たぶん素性を隠すためやと思います。

わたしと結婚する前に、そういうアルバイトをしたことがある、てチラッと言うたはったこともあるし。

けど、旬さんがわたしにそのことを言いとうないんやろと思いますさかい、知らんふりしてます。

別に悪いこととしてはるわけやないし、夫婦のあいだでも、ちょっと内緒にしときたいことてあっても当然やと思うてますし。

気が付いてへんふりをしてよ。そう決めたんです。ちょっとスリルがあってええでしょ。

言わぬが花、ていう言葉もありますやん。そのほうが円満にいくんやったら、問いただささんならんこともありませんわ。

今日はレストランの取材撮影に行ってはったんやと思います。そこのお店で出してはるイベリコ豚を分けてもろてきはったんですわ。お客さんが予約をキャンセルしはったかなんかで、使い道がなくなった。撮影のために用意してもろた食材が無駄になったらあかんさかい、買い取ってきはった。きっとそうですわ。旬さんてそういうひとですねん。

「『梅宮大社《うめのみやたいしゃ》』って知ってるだろ。あそこの梅を撮影に行ったらさ、途中でいいお肉屋さんを見つけて、思わず買っちゃったんだよ」

そう言うてカメラバッグから出してきはった豚肉は、たしかに美味しそうです。

「豚肉専門のお店ですか?」

ちょっとだけイジワルなこと訊くのもいつもの話です。

「いや、そういうわけじゃないんだけど、イベリコ豚ってめったに売ってないから」

旬さんの目が泳いでます。

「先にお風呂入ってきとぉくれやす。そのあいだに支度しときます」

「ありがとう」

逃げ道を作ってあげるのも、夫婦のあいだではだいじですやろ。

鍋もので主婦にとってはありがたい料理です。

食材さえ並べといたら、あとは料理しながら一緒に食べられるんやさかい。

タレとかお出汁《だし》はお店のを流用しますんで、プロの味になります。

万能とも言えるポン酢は、代々『紀ノ森山荘』に伝わってるもんですさかい、
どんな食材にもよう合います。

うちの店は一子相伝《いっしそうでん》やないので、レシピは代々の料理長に引き継いでます。おんなじレシピでも、微妙に味が違うのもおもしろいとこです。

萩原のときより、岩田さんが作らはるポン酢のほうがまろやかな気がします。てっちりなんかしたらよう違いが分かります。豚しゃぶに使うのは初めてやけど、イベリコ豚にはぴったりやろと思います。

店のほうでは、しゃぶしゃぶはメニューにありません。ただ、常連のお客さまでご希望があれば、近江牛《おうみうし》のしゃぶしゃぶをお出ししてます。そのときにゴマダレを作るんですけど、これは基本の調味料だけ決めてあって、配合を含めて味付けについては、そのときの料理長の裁量にまかせてあります。

萩原の代になって、かなりニンニクの量が増えたんで、けっこう強い味になってます。岩田さんはまだ一度もゴマダレを作ってはりませんので、今夜は萩原流のゴマダレです。

お店ではゴマを擂《す》ることから始めるんですけど、手抜きして練《ね》りゴマを使いました。

牛肉にはちょっと味がキツ過ぎると思うんですけど、イベリコ豚にはよう合うような気がします。

自称外商担当から女将業になって、当たり前ですけど、家で食べるご飯にも身が入るようになってきました。

旬さんの晩酌《ばんしゃく》はスパークリングワインと決まってます。いただきもんがあるときは上等のシャンパーニュですけど、たいていはスペインのカバです。安くて美味しいんです。

頃合いに冷えたカバをワインクーラーに入れて、いちおうテーブルセッティングします。

「お待たせ。いいお湯だったよ」

ええタイミングで旬さんがお風呂から上がってきはりました。

季節に関係のう、一年中半袖のTシャツとイージーパンツが旬さんのお決まりです。

「おつかれさま」

乾杯してから夕食を始めるのも儀式みたいなもんです。ふたりともお酒が好きやさかい、セーブするのが大変です。

「なんだかうれしそうじゃないか。いいことがあったのかい？」

グラスを置いて、旬さんが訊かはりました。

「ええこと、て言うたらええことです。次の対決が筍料理に決まったんです」

今日のあらましを話しました。

「いいじゃないか。その四人さまプランていうのもおもしろいし。きっと話題になるよ」

「そうですやろ。今度はすんなり岩田さんが勝たはるような気がします」

「なんでそう思うの？」

健啖家《けんたんか》ていうんですやろか。旬さんは学生さんみたいに、どんどん箸を進めてはります。

「毎日苦しんではるからです」

「え？　どういう意味だい」

旬さんの箸が止まりました。

「アスリートとおんなじやと思うんです。苦しんで戦《たたこ》うてはるひとは、思いきり力を発揮《はっき》しはるけど、楽勝やて思うてたら力が入らんと負けることがありますやろ。今の岩田さんはお客さんが入らへんもんやから、毎日もがき苦しんではる。いっぽうで萩原は『泉川食堂』の営業が絶好調やさかい、余裕しゃくしゃくです。油断してるような気がしますねん」

豚肉をゴマダレにつけながら、思うてるとおりを話しました。

「明美もすっかり女将業というか、九代目主人が板についてきたんだね。大所高所に立って的確な判断ができるって素晴らしいよ」

旬さんはフルートグラスをかたむけて、スパークリングワインを一気に飲み干さはりました。

「おおきに。最初は戸惑うばっかりでしたけど、わたしの性《しょう》に合《お》うてるのか、だんだんおもしろうなってきました」

「仕事ってやっぱり、向き不向きがあるよな。今さらだけど、ぼくには料亭の主人は向いていなかった。正直なとこ、明美が代わってくれたので、ずいぶん気が楽になった。ありがとう」

グラスを置いて、旬さんが頭を下げてはります。

「なにを言うてはりますのん。お礼を言うのはこっちのほうですやん。旬さんが繋《つな》いでくれはったさかい、うちも潰れんと済んだんです。萩原もちゃんと育ててくれはったし、苦手な組合仕事もこなしてくれはったし。これからもよろしゅう頼みますえ」

夫婦で頭下げ合《お》ぅてたら世話おへんけど、まぁ、たまにはこういうことも必要やと思います。

言葉にせんでも分かり合える、て言うものの、やっぱり言葉にしてもろたらうれしおす。感謝してくれてはるんやなぁ、て分かりますやんか。

――口に出して言わんならんことと、言わんでもええことを、ちゃんと見きわめんと、夫婦は長続きしまへんえ。よう肝《きも》に銘《めい》じときなはれ――

旬さんと一緒になって初めて夫婦喧嘩《げんか》したとき、母が言うてくれたことは、ずっと胸のうちに仕舞《しも》うてあります。

「ところで、料理対決の審査員のことだけどさ、四人のままでいいのかなぁ。内輪だけじゃなくて、客観的に判断できるひとも加わってもらったほうがいいような気がするんだけど、明美はどう思う?」

さらっと話を切り替えはるのも、旬さんの特技みたいなもんです。急な転換に最初はなかなか付いていけへんかったんですけど、今はなんとか付いていってます。

「内輪の勝負やさかい、内輪だけでええと思いますけど、適当な方がやはるようやったら、加わってもろてもええと思います。どなたか心当たりがあるんですか?」

旬さんのグラスにスパークリングワインを注ぎました。

「明美は知らないかなぁ、糺ノ森のなかで野点《のだて》をしているおじいさん。素性《すじょう》はよく知らないんだけど、きっとすごいお茶人さんなんだろうなっていつも思ってるんだ」

「たまに見かけることはありますけど、旬さんはお茶をよばれはったことがあるんですか？」

「もう五、六回はいただいてるんじゃないかな。お点前《てまえ》もだけど、道具立ても茶道の本質をついてると思う。お茶をいただきながら、食の話をされるんだけど、いつも感心して聞いているんだ。そうとうな美食家みたいだし、忖度《そんたく》せずに審査してくださるんじゃないかな」

「なるほど。そういうかたに加わってもらうと、審査の幅が広がってよろしいね。問題はそのお方が引き受けてくれはるかどうか、やけど」

「それだったら大丈夫。一昨日《おととい》お茶を点ててもらったときに、ちらっとこの話をしたら、えらく興味を持たれてね、わたしも審査員に加えてくださいな、なんておっしゃってたから」

「手回しのええことで。さすが旬さん、抜かりはおへんな」

「うまく歯車がかみ合っただけだよ」

苦笑いしてはりますけど、旬さんはほんまにええ勘してはります。

今までにもこういうことはようありました。

急に人手が足らんようになって困ってたら、その日にすぐ若いひとを呼んできはったし、台風で塀が倒れたときも、知り合いやて言うて、大工さんを連れてきはったし、なんでこんな早《はよ》ぅに？　ていっつも驚いてます。

こういうことが起こるのを予想してはるのか、偶然そういうときに出会わはるのか、謎ですわ。

「内輪以外のひとがひとりだけや、ていうのが、ちょっと気になるんですけど、どう思わはります？　もうひとりぐらいやはったほうがええような気もするんですけど」

「たしかにそうかもしれないね。バランスからいえば、内輪が四人、外部が二人ぐらいだと、ちょうどいいかも。明美の知り合いで適当なひとはいないかな」

言いながら、旬さんはしっかりお箸を動かしてはります。

「食べるのが好きな友だちはようけいますけど、審査できそうなひととなると、思いつきませんわ。宜さんか悦子さんに訊いてみましょか」

「それがいいね。宜さんなら顔も広いし、食通のひとに頼んでくれるんじゃないかな。お肉はまだあったよね？」

気が付いたらお肉のお皿が空になってます。ふたりで六百グラムは多いかなと思うて、二百グラムほどは冷蔵庫に残しておいたんです。気持ちええぐらい、旬さんはよう食べはります。

「まだありますけど、野菜もたんと食べてくださいね」

釘をさしとかんと、お肉ばっかり食べはるんです。

「分かっているんだけどね」

シブい顔して白菜《はくさい》に箸を伸ばしてはります。

「お豆腐《とうふ》もね」

「はいはい」

ゴマダレをたっぷり付けたお豆腐て、ほんまに美味しいと思うのに、男のひとはたいてい避けはります。男と女では味覚が違うやと思いますけど、こういうこともメニュー開発に生かさんとあきません。

前は小言ばっかりでしたけど、最近は旬さんの食べっぷりも、しっかり観察して参考にしてます。

「筍対決はいつにする予定なの？」

「一週間後を予定してるんですけど」

「じゃあ審査員も早く決めなきゃいけないね。明日にでも宜さんと相談しておいて」

「分かりました。糺ノ森のお茶人さんは、旬さんから頼んどいてくださいね。もし間に合わへんかったら、今回は四人でやりましょ」

「分かった。せっかくだから六人揃うといいんだけどね」

話だけはどんどん前に進んでいきます。

コロナを嘆《なげ》いてばっかりいて、手をこまねいてたら、感染がおさまって世のなかが動きだしたときに遅れをとります。今のうちにできることはやっとかんと。

宜さんには早速ＬＩＮＥで連絡したんですけど、既読になりません。若いひとと違《ちご》うて反応が遅いんです。て、わたしも似たようなもんやさかい、エラそうなことは言えへんのですけどね。

九代目を継いでから、なにが変わったて言うて、一番変わったんは起床時間です。

継ぐ前は血圧が低いのを理由にして、旬さんが出かけはるころにようやく起きだす、ていう感じやったんが、今では夜が明けると同時に起きるのが日課になりました。

あれをせんならん、これもせんならん、と考えだしたら、おちおち寝てられしませんねん。その変わりようには、旬さんだけやのうて、店のみんなもびっくりしてます。

宜さんに早いこと相談せんならん。気がせくもんやさかい、お化粧もそこそこにして店のほうに向かいました。

さすが宜さん。玄関前の掃除はあらかた済んでるみたいですわ。

「おはようさん。早《はよ》ぅからご苦労さんです」

「女将さん、いや九代目、おはようございます。えらい早いこって」

袢纏《はんてん》の襟《えり》もとを整えて、宜さんが腰を折らはりました。

「急いでご相談したいことがあります。ゆうべ送ったＬＩＮＥは見てくれはりました？」

「ラ、ＬＩＮＥでっか。そういうたら、なんや音がしとったな。すんまへん。今確認します」

ポケットからスマートフォンを取りだして、宜さんが慣れん手付きで操作してはります。

「その様子やと、直接話したほうが早いみたいですね」

「すんまへん。なかなか慣れんもんで」

スマートフォンに目を近づけたり、遠ざけたりしながら、難しい顔して首をかしげてはります。

「実はきのう旬さんと話してて、料理対決のときに外部の方にも審査員に加わってもらおていうことになったんです」

ＬＩＮＥを読んでもらうのを待ってられへんので、かいつまんで話をしました。

「なるほど。それはええことやと思います。わしもあの糺ノ森のお茶人はんは、なかなかのひとやと思うてます。ご本人は笑《わろ》うてごまかさはりますけど、たしか

『京洛機器《きょうらくきき》』の創業者の井本《いもと》はんやないかと」

「え？　あの井本さん？　今は息子さんに会社を譲って引退しはったけど、京都財界の大ボスやった方やないですか。あのお方が糺ノ森のお茶人さんなんですか？　にわかには信じられしませんけど」

　宜さんの話にびっくりしました。旬さんは知ってはるんやろか。

　京都の財界の大立者《おおだてもの》として、知らんもんはない有名人です。彫りの深いお顔も特徴的やさかい、見たら分かると思うんですけど。

「顔中白いヒゲだらけやさかい、パッと見は分からしませんけど、わしは絶対井本はんやと確信してます。あの井本はんが審査員に加わってくれはったら、そら重みが出ますけど、ほんまに引き受けてくれはるんですやろか？」

「旬さんはえらい自信ありげでしたけど、たしかに、あの井本さんやとしたら、そう簡単にはいきませんやろね」

「京都中の料亭やら割烹《かっぽう》やらには行きつくしてはって、あの華山《はなやま》はんでさえ、井本はんが店に来はる前の晩は、びびって寝られん、っちゅうぐらいの美食家でっせ。うちみたいな、て言うたら九代目には失礼ですけど、こんな店の内輪の料理対決の審査員をしてくれはるとは思えまへん」

「わたしもそう思うけど、そこは旬さんにまかせたんやさかい、考えてもしょうがない。それより、宜さんには早いこと、もうひとりの審査員を探してきて、頼んでもらわんと。あと一週間しかおへんさかいに」

「分かりました。心当たりがありまっさかい、すぐに頼んでみます」

「心当たりてどなたですの？」

「まぁ、あれですわ。せっかくやさかい、影響力のあるひとを引っ張りこもかなと」

宜さんにしてはめずらしい歯切れの悪さです。面倒くさいおひとを選ぼうとしてはるんやろか。

「コンサルやってはるひととかはあきませんえ」

釘をさしときます。

「コンサルやおへんけど、まぁ、その、ほれ、なんちゅうか、こう……」

髪の毛をうしろで束ねて、口ひげはやして、首にスカーフ巻いて、ていう仕種《しぐさ》をしてはる宜さんを見たら、ピンときました。

たぶんグルメ評論家の秋山満男《あきやまみつお》さんですわ。

ぶっちゃけ言うたら、一番苦手なタイプですわ。

あちこちのお店へ食べに行っては、その感想を雑誌に書いたりしてはるひとです。

秋山さんにかかったら、とんかつひと皿でも文学的に書かはるもんやさかい、一般のひとにはウケがよろしいんやろな。信奉者《しんぽうしゃ》もようけやはるみたいです。わたしらは秋山教信者やて呼んでるんですけど。

「なんで秋山さんなんです？」

ちょっとキツめに訊きました。

「はっきり言うてお店の宣伝ですがな。秋山はんのファンはようけやはりまっさかい、ブログやとかツイッターやとかで紹介してくれはったら、ぜったい注目を浴びまっせ」

宜さんらしいて言うたら、宜さんらしいセレクトです。

わたしなんかは、九代目を継いだ今でも好みを優先してしまいますけど、宜さんはお店のために割り切れるひとです。たぶん宜さんかて苦手なタイプやろと思いますけど、そこを乗り越えはるのが、宜さんのえらいとこです。わたしもほんまは、そうならんとあかんやろて、頭では分かってるんですけど。

「聞いた話では、秋山さんて、けっこうなギャラを請求しはるらしいけど、大丈夫ですか?」

「そのへんの交渉はわしにまかせといてください。車代ぐらいに抑えるよう頼んでみます」

自信ありげに宜さんが胸を叩かはりました。

「宜さんにおまかせしますんで、あんじょう頼みますえ」

「おまかせあれ。この宜家は『糺ノ森山荘』に命をあずけとりまっさかい、粉骨《ふんこつ》砕身《さいしん》つとめさせていただきます」

小柄な宜さんには似合わんほど、ゴリラみたいに胸を叩かはったんで、思わず吹き出してしまいました。

3

てなこと言うてるうちに一週間が経ちました。

糺ノ森のお茶人さんは、やっぱり井本さんやったみたいですけど、謎の存在にしといて欲しいようで、僧休《そうきゅう》という名前で審査員に加わってくれはることになりました。

秋山さんのほうは、意外なことにノーギャラで引き受けてくれはることになって、ブログでも宣伝するて言うてはるらしいです。

旬さんも、秋山さんは苦手なタイプだけど、店の宣伝になるならそれもいいだろう、て言うてはるので、六人で審査することになりました。

内輪だけやのうて、外部から、それも、それなりの立場の方をお招きするんやさかい、きちんとした会場設営もせんなりません。

披露宴《ひろうえん》やとか式典をうちでするときにお願いしている会社に頼んで、それらしい設《しつら》えをしてもらいました。

お店もお休みにして、小部屋をおふたりの控室にあてて、朝から待機してもろてます。

食材も届いて、いよいよという感じです。

岩田さんが使わはるのは、塚原の田伏農園さんが届けてくれはった、白子《しらこ》ていう最高級の筍。萩原は徳島産の水煮筍で、値段は十分の一以下です。

食べ比べてみたら、その違いは明らかです。

不公平になったらあかんので、仕入れ値も含めて、原価の違いははっきりと審査員に公表することになってます。

料亭は商売ですから、利益を生むこともだいじな要素です。そこも審査対象になることは、おふたりの外部審査員の方にも伝えてあるので、上等の食材が有利になるていうことはないはずです。

料理は前とおなじで、二品作ってもらいます。

外部の方も入りますので、分かりやすいように、今回から五点満点の点数制にしました。そこで、岩田さんの提案で、材料の格差を考えて、一点のハンディを付けることにしたんです。

ずいぶん迷うたんですけど、岩田さんも頑固なひとで、言いだしたらあとへは引かん性格なんで、とりあえず今回だけはそうすることにしました。

二品で十点満点やけど、萩原は最初から一点ていうことですわ。

おもしろいのは、どっちも実際にお店でお客さんに出すて明言してることです。

ふたりに了解を得て、ことの成り行きを店のホームページで公開することにしました。

えらいもんですなぁ、これまでとは二けたも違う数のひとがホームページを見てくれてはります。

料理対決ていうのが、みなさんお好きなんでしょうね。

コロナで暗い話題の多かった飲食業やさかい、えらい話題になって、テレビも取材に来てくれはったりして、今日の料理対決にも、地元のラジオ局が中継に来てくれはることになってます。

秋山さんは、自分があちこちに宣伝したからや、みたいなことを言うてはりますけど、ほんまのとこはどうや分かりません。

ラジオの中継ていうても、Ｚｏｏｍみたいな感じで、アナウンサーが実況中継しはるわけやなし、音声がそのまま流れるだけなんやそうです。そんなんをじっと聴いてくれはるひとがやはるとは思えませんけど。

紀ノ森のお茶人さん、僧休さんは茶色の袴に同じ色の茶羽織という、いかにもお茶人らしい恰好《かっこう》です。

いっぽうの秋山さんは、ブラックジーンズのスーツを着て、首元にトレードマークになってるピンクのスカーフをぐるぐる巻いて現われはりました。

特に司会みたいな役は設けてへんので、それぞれが紹介し合《お》うてから料理対決がはじまります。

先攻は萩原です。

筍の先のほうのやわらかいとこを薄味で炊《た》いてます。ええ匂いやこと。けど、まさか煮物やないやろね、と思うたら、やっぱり攻めの萩原ですわ。パン粉を付けてフライにするようです。

筍のフライに練りウニを塗って、木の芽を載せて出してきました。ええお味です。天ぷらとは違うてバタ臭い感じがよろしい。

ふた品目は根っこの固いとこを使《つこ》うて、挟み焼きにしてるようです。あいだに挟んでるのは鶏ミンチみたいです。

辛子《からし》醬油《じょうゆ》を付けて食べるんですけど、ショウガとニンニクを利かしてるさかい、中華風の味がします。萩原らしい一品です。

僧休さんは、その様子を見ながら、なにを食べてもずっとにこにこ笑うてはります。ちゃんと審査してはるのやろか。そもそも趣旨が分かってはるんやろか。ちょっと不安になります。

対照的に秋山さんは、絵に描いたような審査員です。小さい一眼レフのカメラで写真を撮ったり、開いたノートに素早《すばよ》ぅメモしたり、大忙しですわ。

いかにもグルメ評論家らしい食べ方で、匂いを嗅いだり、お皿を持ち上げて、違う角度から料理を見たりして、食べるたびにメモしはるあたりも、テレビで見る秋山さんそのものです。

なるほど。納得ですわ。宜さんの狙いは今のところ、みごとに当たってると思います。

萩原も写真を撮られてることを意識して、ときどき手を止めたり、鍋をカメラのほうに向けたりしてアピールしてました。

後攻の岩田さんは、お造りで攻めてきはりました。さっと湯通しして氷水で締めて、ポン酢と山葵《わさび》醤油で味わい分けます。

「これは反則ですな」

宜さんが笑うてはるように、筍の極みて言うてもええ料理は、素材がええさかいできるもん。そのへんをどう評価するかですけど、たしかにハンディを付けといてよかったような気がします。

ふた品目に正統派の若竹煮《わかたけに》を持ってきはるとこが岩田さんらしいやり方です。これも反則て言いたいぐらい美味しおす。

噛むまでものう、ふわっと口のなかで崩れて、ミルクみたいな味がします。新鮮な筍てこない美味しいもんなんですね。

甲乙付けがたい、ていうのはこういうことですやろ。萩原も安い筍を上手に料理したし、全部に満点を付けたいぐらいですけど、そうもいきません。

わたしだけと違うて、宜さんも旬さんも、仲居頭の和泉《いずみ》悦子も、そうとう悩んではるみたいです。

相変わらず僧休さんはにこにこ笑うてはって、旬さんと冗談を言い合《お》うてはります。

秋山さんは難しい顔して、ノートを開いたり閉じたりして、こまごまと書き込んではります。

いよいよ審査発表の時間になりました。それぞれの料理に点数札をあげる緊張の一瞬です。

六人がそれぞれ十点の持ち点ですから、六十点満点ということになります。

辛気くさいのが嫌いですさかい、先に結果を言いますわ。

岩田さんが六十点満点中の五十五点、萩原が五十二点。三点差で岩田さんの勝ちなんですけど、ハンディが六点ありますので、三点差で萩原の勝ちという結果になりました。ええ勝負でしたわ。

萩原が爽やかな笑顔をしてるのは当然ですけど、負けた岩田さんも穏やかな顔で片付けをしてはるのは、悔いのない戦いをしはったさかいやと思います。ハンディがなかったら自分の勝ちやった、というのもプライドを保てた理由ですやろ。

とにかくこれで、一勝一敗の五分になったていうことで、次の対決がますます愉しみになりました。

「いやいや、とてもおもしろい体験をさせてもらいました。女将さん、いや、九代目さんにお礼を申し上げます。ありがとうございました」

僧休さんが笑顔で挨拶してくれはりました。

「こちらこそ、お忙しいところを、わざわざお越しいただいてありがとうございました。また次回もよろしゅうお願いいたします」

深々と頭を下げました。

「ちっとも忙しくありませんので、いつでもお呼びください。この近くに隠居場がありますから、いつでも馳せ参じますよ」

京都財界の重鎮《じゅうちん》て言われてはった現役時代には、考えられへんような、柔和な顔をしてはります。

「ひとつお聞きしてよろしいやろか」

「なんでしょう」

「岩田さんより萩原の点数を高く付けはったのは、なにか理由があるんでしょうか。僧休さん以外はみんな岩田さんのほうが高得点やったんですけど」

「その答えは単純明快。わたしがお金を払って食べに来るとしたら、萩原くんのほうだな、と思ったからです」

にこやかな顔をくずさんと、きっぱりと言い切らはりました。

「っちゅうことは、岩田の料理はお金を出してまで食いとうないんですか?」

宜さんが割って入らはりました。

「そういうわけではありません。値段も分かりませんしね。ただ、わたしはむかしから直感を信じるほうでして。これならすぐ食べに行くだろうな、と思ったまでで。こんな答えだと、審査員失格でしょうな」

大きな口を開けて笑うてはります。

「とんでもない。そういうご感想が一番ありがたいんですよ。なぁ明美《あけみ》」

旬さんの言葉にあわてて首を縦に振りましたけど、分かったような分からんような気分です。

「わたしからも、ひとつお訊ねしていいでしょうかな」

僧休さんが切りかえしてきはりました。

「なんですやろ」

「岩田さんという料理人はどちらの方ですか？　お見受けしたところ、京都の方ではないように思うのですが」

僧休さんが小首をかしげてはります。

「え、ええ。京都のお方ではないんですよ。関東からお越しいただいたんで」

宜さんの顔色をうかがいながら答えました。

「そうでしたか。道理で……」

納得がいったような顔で、僧休さんが大きくうなずかはりました。

「ぼくは僧休さんと逆ですな。岩田さんの料理ならいくら払っても食べたい。こう言っちゃ悪いけど、萩原くん程度の料理なら、東京でもいくらでも食べられる。それに比べて岩田さんの料理は、京都に来ないと食べられないものだ。今日は最初だから、あまり点数に差を付けなかったが、本心を言えば、岩田さんの圧倒的な勝利ですよ」

秋山さんらしいなぁ、思いながら聞いてましたけど、萩原は顔をしかめてました。

ふと気が付いたんですけど、まだラジオは中継を続けてはるみたいで、今のおふたりの言葉もそのまま流れてるんやと思います。

もうちょっと早めに切ってもろといたほうがよかったかもしれません。秋山さんの影響力を考えたら、『泉川食堂』へ食べに来てくれはるお客さんが減るんと違うかしらん。

そうは言うても、秋山さんが審査員に加わらはったことで、料理対決に緊張感が出たことは間違いありません。

そういう意味で、宜さんの人選は的確やったと、今のところは思うてます。

いっぽう旬さんの人選がよかったかどうか、はまだなんとも言えません。けむに巻いたような感想でしたし、言うてはることは間違《ちご》うてはいませんけど、のらりくらりしてはるようで、審査ていう感じではありませんでした。

なんかもっと哲学的なことを言うてくれはるとか、ズバッと的《まと》を射た感想を言うてくれはるとかを期待してたんですけど。まぁ、最初やさかい様子を見てはったんかもしれません。あれだけの人物やさかい、今後に期待したいところです。

コロナで苦しいなか、なんとかしてええ流れを作らんと、と思うてたんで、料理対決もちょっとずつ盛り上がりを見せてきて、ほんまによかったと思うてます。

次に弾みを付けたいとこでしたんやけど、思わんとこから矢が飛んできて、出鼻をくじかれることになります。

その原因になったんがラジオの生放送でした。ほんまに料亭は山あり谷ありですわ。

第三話

# 鱧《はも》料理対決

# 1

　これまで、おかげさんで『糺《ただす》ノ森《もり》山荘』も、あちこちのメディアさんに取り上げてもろうてきました。なんやかんや言うてもええ宣伝になってます。

　反響が大きいのは、なんというてもテレビですわ。テレビの旅番組やとか、グルメ企画とかで放送されたら、そのあとはもう、えらい騒ぎになります。大げさやのうて、お手洗いに行くひまもないぐらい、電話が鳴りっぱなしになるんです。

　今の時代はインターネットもありますさかい、メールのお問い合わせにも返信せんとあかんし、放送されてから三日ほどは、みなてんてこまいです。

　それに比べたら雑誌やら本やらはのんびりしたもんです。急に問い合わせが増えるてなことはのうて、ぼちぼちと――雑誌見たんやけど――ていうお客さんがお越しになります。ときには五年も前の雑誌記事を切り抜いて、それを持ってきはることもあります。

先々代のころはようあったみたいですけど、――ラジオの放送を聴いて――ていうお客さんは今はめったにやはりません。もっとも、ラジオでうちのお店を紹介してくれはることは、ほとんどおへんのですけど。

せやさかい、うちの板場《いたば》の料理対決を地元のラジオ局が生放送してくれはっても、たいした反響はないやろと、高《たか》を括《くく》ってました。

放送されてすぐ、女子会の飲み友だちからＬＩＮＥが来たぐらいで、あとは静かなもんでした。

相変わらず『糺ノ森山荘』のほうは閑散としてますけど、『泉川食堂《いずみかわ》』はお昼時に行列ができるぐらい絶好調です。

けどそれは決して、萩原《はぎわら》が勝ったさかいと違います。知らんと来てくれてはるお客さんがほとんどです。

安ぅて気楽で、がうけてます。やっぱり今はそういう時代なんですやろね。千円台のランチや、お持ち帰りのお弁当は早々に売り切れます。

食堂のほうの料理長をしてる萩原は、本店からもうちょっとスタッフを回してくれて言うてますけど、本末転倒になったらあかんさかい、て言うて止めてます。

その代わりていうほど役には立たへんのですけど、わたしも食堂のレジに立ったり、洗い場に入ったりして毎日手伝《てつど》うてます。

もちろん業務用の大きい食洗器を使《つこ》うてるんですけど、小さい箸置きやとか薄手のガラス食器やとかは、手洗いしてます。

それも父の教えです。


――効率もだいじやが、どんなもんにも、人の手を掛ける、ということは忘れたらあかん。箸置きひとつでも手洗いしとったら、お客さんの声が聞こえてくるはずや。美味しかったなぁ、とか、もうひとつやったな、とか。すべてを食洗器に頼らんのは、その声を聞くためや――

うちわの形をした箸置きを洗うてると、たしかにお客さんの声が聞こえてくるような気がします。喜んでくれてはるようで、ホッとしました。

そんなときです。宜《のり》さんが険しい顔して駆けよってきました。

「女将《おかみ》さん、えらいこってす。華山《はなやま》はんが本店のほうに来てはります。女将さんに会わせ、て言うて、えらい剣幕ですわ。なんぞあったんでっか?」

宜さんがわたしの耳元でささやいてはります。

周りに聞こえんように気を遣《つこ》うてるんやろけど、地声が大きいひとやさかい、みなに筒《つつ》抜けです。びっくりしたような顔でこっちを見てます。

「なんやろ。心当たりはないいんやけど」

洗いもんの手を止めんと、平静を装うてますけど、心のなかは穏やかではありません。

祇園花見小路《ぎおんはなみこうじ》にある老舗《しにせ》料亭『華山』の主人、華山芳夫《よしお》さんは京料理界の重《じゅう》鎮《ちん》で、一番のうるさ型です。

格付けガイド本でもずっと三ツ星を取ってはりますし、東京の銀座にも支店を出さはるぐらい有名なお方です。

京都の料理屋組合を家にたとえたら、華山さんは口うるさいお舅《しゅうと》さんみたいな存在です。旬《しゅん》さんも事あるごとに呼びつけられて、小言を食ろうてはりました。

　たいていは呼びつけはるのに、わざわざうちへ足を運んできはったんは、よほどのことですやろ。気が重いことですけど、逃げるわけにもいきません。

「ともかくすぐに行っとぉくれやす。気が短いお方やさかい」

　宜さんの言うとおり、業界の仲間うちでは、華山さんのことを瞬間湯沸かし器て、陰で呼んではるそうです。て言うても、わたしらにはピンと来ません。今の時代やったら電気ポットて言うたほうが分かりやすいです。

　てな呑気《のんき》なこと言うてる場合やおへん。

「わかった。洗い終わったらすぐに」

「わたしが代わりにやっときまっさかい、早《はよ》ぅ行ってください。応接室で待ってはります」

　わたしや旬さんと違《ちご》うて、宜さんは華山さんとのお付き合いが長いさかい、性格もようよう分かってはるんやろと思います。一分一秒を争うことやと、宜さんの目が言うてます。

　宜さんに背中を押されるようにして、すぐに厨房を飛び出して、駆け足で本店に向かいました。

華山さんは、先々代のころから、うちとは折り合いが悪ぅて、ことあるごとに苦言を呈してきはります。

先々代、つまりうちの父は気が強いひとやったさかい、丁々発止《ちょうちょうはっし》、いっつもやり合《お》うてはりました。父は弁が立つほうやったんで、たいていは言い負かしてはりました。

そのしっぺ返していう意味もあったんですやろな。旬さんには、えらいきつう当たってはって、よう呼びつけられてました。まぁ、旬さんは異端児やさかい、ときどきはお灸《きゅう》をすえてもろてよかったんですけど。

応接室へ入る前に、まずは息を整えます。

父の血を引いてるわたしは、どっちかて言うたら気が強いほうです。理不尽な話やったら言い返さんとおさまらん性質です。

余計なこと言わんように、自分を落ち着かせてます。感情より、お店のほうが百倍だいじですさかいに。

「こんにちは。お待たせして申しわけありません。店のほうが立て込んでましたんで」

　応接室に入るなり腰を折りました。

「えらいご繁盛でよろしいな。昨日のラジオ聴いて、ようけ客が来てますんやろ」

　ソファにもたれかかったまま、華山さんはわたしをにらみつけてはります。

　このへんまでは予想どおり、いつものことですさかい、びくともしません。

「いつも大変お世話になっております。お忙しい華山さんが、わざわざうちみたいな店にお越しになるやなんて、もったいないことですけど、なんぞご用がおありですやろか」

　慎重に言葉を選びながら、率直にお訊きしました。

「なんぞご用、て、とぼけてからに。心当たりがあるやろ」

　華山さんは鼻を鳴らして笑《わろ》うてはります。

　ふだんから愛想のええ方やおへんけど、これ以上はないていうほど、ぶすっとした顔してはります。

「八代目から引き継いだときは、九代目としてご挨拶に伺いましたし、一線から引いたあとも、八代目が〈味洛会《みらくかい》〉の広報委員を続けさせてもろてますし」

　正直言うて、組合のことは苦手ですけど、義理はそこそこ果たしてるつもりです。

「知ってのとおり、わしもこういう性格やさかい、回りくどい話は苦手や。はっきり言うで。昨日のラジオ。あれはなんやねん。料理対決てなバラエティ番組みたいな、品のないことしてからに。それもほかの店と対決するんやったらまだしも、自分とこだけで対決して、勝った負けたて大騒ぎして。なにさまのつもりやねん。内々でやっといたらええのに、たいそうにラジオで生中継やて、調子に乗りすぎと違うか」

　なんとのう、そうやないかとは思うてたんですけど、まさかこないご立腹しはるとは。

「お気を悪ぅしはったんやったら謝ります。えらいすんませんでした。まさか華山さんのようなお偉い方に聴いてもろてたやなんて、驚いてますけど、あれはラジオ局から頼んできはったんで、うちからお願いしたんやないんですよ」

「そんなことはどっちでもええ。あんたの店で板前どうしが対決しようが、そんなことは知ったこっちゃないがな。けどそれをやな、さも京都の料理界を代表してるみたいなインチキはせんといてくれ、て言うとるんや」

華山さんは目を三角にして、鼻息も荒《あろ》うしてはります。

「京都の料理界を代表するやなんて、そんなつもりは毛頭思うてませんし、ましてやインチキをしたこともありませんけど、誤解を受けるようやったら次からはお断りするようにしますさかい、どうかご容赦くださいませ」

怒りの矛先《ほこさき》がはっきりしました。

ようあることです。うちの店が注目を浴びるのがおもしろないんですやろ。それなら話は早いです。別にうちの店としても、ラジオ中継してもろたさかいていうて、たいしたメリットはありませんし、やめたらしまいです。

ここは謝るしかおへん。それも、できるだけしおらしい顔して。

「次は、てまたやるつもりやったんかい。言いに来といてよかったわ」

半べそをかいて深々と頭を下げたもんやさかい、華山さんもちょっとは矛をおさめる気にならはったみたいです。

「なんせまだまだ新米女将ですさかい、至らんことはようけある思います。華山さんにはご迷惑をお掛けしますけど、これからもご指導ご鞭撻《べんたつ》いただきますよう、よろしゅうお願い申し上げます」

二つ折りになって長いこと頭を下げ続けました。

こんな低姿勢はこれまでやったら考えられしません。自分でもびっくりしてます。九代目主人ていう重みがそうさせてるんですやろねぇ。

「今後はこういうことがないよう、充分気を付けなはれや」

なんとかお許しいただけたみたいで、ホッとして顔を上げました。

こういうときは女でよかったなぁ思います。男はんやったら、そう簡単に矛をおさめはらへんのと違いますやろか。

「ところで関東から来た岩田《いわた》っちゅうのは、どこの店におったんや？　聞いたことないんやが」

こっちが華山さんにとっての本題やったんかもしれません。

京都の料理人界は縦も横も繋《つな》がりが深《ふこ》ぅて、その動向にはみなピリピリしてはります。

「それがよう分かりませんねん。言いとうないんやと思いますけど」

「言いとうない、て。どこの店で仕事しとったか、を知らんと雇うたんかいな。ありえへん話やな」

またご機嫌を損ねたみたいですけど、ほんまのことなんやさかい、こう答えるしかおへん。

「ご恩ある方の紹介ですさかい、そのお方を信用して雇い入れました」

『木嶋《このしま》神社』の神官さんのお顔が浮かんだんで、そう付け足しました。

「ほう。紹介者がおったんか。誰や？」

「ご迷惑が掛かったらいけませんので、お名前はかんにんしとぉくれやす。代々お世話になってるお方やとだけ申しあげときます」

「名前はかまわん。どこのひとや？　京都のひとか？　それとも関東か？」

えらい食いさがってきはります。

「京都のお方です。この業界とは無縁の」

「業界の人間やない？　そんな紹介に乗ったんかいな」

「間接的にですけど、父も認めてたみたいですし」

「な、七代目が？　ほんまか？」

「ええ。父が呼んでたみたいです」

「にわかには信じられん話やが」

華山さんはソファにもたれこんで、天井を見つめてはります。

なんで岩田さんのことを、こないして根掘り葉掘り訊いてきはるんやろ。

業界のなかのことやさかいに、気にしてはるのは分からんことないんですけど、ちょっと尋常やおへん。

「ところで、筍《たけのこ》料理の次はどんな食材で対決するんや」

華山さんが話の向きを変えはりました。

「なんにも決まってしません。まだ終わったばっかりですし」

「そらそやな」

えらいあっさり引きさがらはりました。

「岩田さんは関東のお方やさかい、まだ戸惑うてはるみたいです。京都の食材も扱いなれてはらへんし、味付けやらも違いますしね」

「分かっとるんかいな。それやったら、なんで雇うたんやな。別の人種みたいなもんやのに」

「言うてますがな。ご恩ある方の紹介やて」

「そうやったな」

なんやしらん、奥歯にものが挟まったような、ていう言葉が、今日の華山さんにはぴったりはまります。

遠回しに訊いてはるのは分かるんですけど、ほんまに訊きたいのはなんのことなんか、さっぱり分かりません。

ちょっとこっちから話を振ってみよと思いつきました。

「さっきの話ですけどね、次は鱧《はも》料理対決にしよかなて、旬さんと話してますねん」

「鱧は関東の料理人はよう扱いよらんやろ。不公平になるさかいやめたほうがええんと違うか」

さっきまでとはぜんぜん違います。

料理対決をして、内輪のことやのに、ラジオで中継したりするのが不愉快で、文句言いに来はったと思うてたのに、不公平やとか、こっちの立場に立った話をしださはるのは、どうにも不思議ですわ。

筍料理の前はイワシ対決やったていう話をしたら、えらい興味を持たはったみたいで、いろいろ訊いてきはりました。

まさか華山さんとこんな話をするとは思うてませんでした。

九代目としてこれからも、華山さんとは付き合《お》うていかんならんし、ちょうどええ機会やと思うて、こと細こぅに話をすると、真剣に聞きながら、華山さんは何度もうなずいてはります。

「なめろうか。やっぱりな」

ぽつりとつぶやかはりました。

「やっぱり、てどういうことです？　岩田さんのこと、なにかご存じなんですか？」

「いや」

視線をそらせた華山さんは、首を横に振らはりましたけど、なんや様子がへんです。知ってるけど隠してる。そんな感じなんです。

「今日のとこはこれで帰るけど、くれぐれも気ぃ付けるようにな」

さっきまで深々とソファに腰をしずめてはったのに、華山さんはそそくさと立ちあがって、応接室のドアノブに手を掛けはりました。

拍子抜けていうのは、こういうときに言うんですやろね。

文句をつけに来はったんを、なんとかかわしてるうちに、岩田さんの話になって、最後は逃げるようにして帰り支度をはじめはった。

「なんのおかまいもしませんと。ごていねいにお越しいただいて、ありがとうございました」

ただのイチャモンやと思いましたけど、こういうときには先々代の言葉を思いだしてよかったと思うてます。

――正しいと思うてるときほど、逆らわんほうがええ。カッとなって反論しても、ひとつもええことない。老舗っちゅうもんは、当主だけのもんと違う。今の従業員だけやのうて、長いあいだ、ようけのひとのおかげで暖簾《のれん》を守れてるんやていうことを忘れんようにな――

その言葉どおり、丁重にお見送りしましたけど、なんやモヤモヤしてます。

今になって考えたら、最初の怒り方は不自然やったような気がしてきました。あれはカモフラージュで、華山さんのほんまの目的は、岩田さんの素性《すじょう》を調べることやったんと違うやろか。

岩田さんのことを聞き終わったら、さっきまでの怒りはどこへやら。うつろな目をして帰っていかはった。気になるわぁ。

華山さんは心当たりがあるような感じやったのに、知らんて言うてはったのはなんでなんやろ。

そもそもわたしらも、岩田さんについては、まだまだ分からへんことがようけあります。

決して悪いひとやとは思えへんし、なにより料理の腕はたしかやし、若い衆のええお手本になってくれてはるさかい、過去のことやとか、余計な詮索《せんさく》はせんとこと思うてますけど、このままでええのかしらん。華山さんの反応を見たら、なんや心配になってきました。

「女将さん、いや、九代目。どないなってるんです?」

宜さんがノックもせんと応接室へ飛び込んできはりました。

「なにが？　どないもなってへんけど」

「えらい剣幕やった華山はんが、すごすごと帰っていかはりましたで。青菜に塩掛けたみたいな、あんな華山はんを見たんは初めてでっせ。いったいなにがあったんです？」

　宜さんは、鳩が豆鉄砲を食ったような顔で立ちすくんではります。

　別に隠すことでもないので、華山さんとのやり取りを詳しいに話しました。

「あの華山はんが岩田はんのことをねぇ。なんや不思議な話ですなぁ。なんぞわけがあるみたいやさかい、それとのう探ってみますわ」

「なんや気になるやろ。華山さんは岩田さんのことを知ってはるんと違うやろかと思うてます。折があったら、ちょっと調べてみとぉくれやすか」

「分かりました。おかしなことになったらかないまへんさかいな」

　こういうときは頼りになる宜さんです。

　今夜にでも旬さんに報告しとかんと。そう思いながら、仕事を残してた食堂のほうに戻りました。

## 2

季節が移るのは早いもんです。春が過ぎて、もう夏の入口がすぐそこに見えてきました。

なんやかんや言いながら、特に変わったことが起こるわけやなし、コロナもちょっとは落ちついてきました。

『泉川食堂』の好調はずっと持続してますし、『糺ノ森山荘』のほうも、ようやく賑おうてきました。

岩田さんが提案してくれはった、三人分の料金で四人が食事できるていうプランは、おかげさんで大当たりしました。

これがなかったら、どうなったやろて思うほどです。

それで季節が変わっても続けることにしました。筍の次は鱧料理です。

コロナがある程度おさまっても、外食習慣は完全に元に戻るのはむずかしい。

業界のなかではみなそう言うてます。

　前は当たり前みたいにして外食してたひとも、コロナになってからは、家でご飯を食べるのが当たり前になったみたいです。

　コロナの前はなんぞあったら、――メシでも食いに行こうか――て言うてはったひとらが、おうちにひとを呼んでウーバーなんちゃらで済ませてはるんや、てよう聞く話です。

　言うてみたら、ひとむかし前に逆戻りしたようなもんです。わたしらが子どものころもそうでした。

　うちがお商売してるさかいていうこともあったんですけど、家族揃《そろ》うて外食に出かける機会て、あんまりありませんでした。誰かの誕生日やとか、そういう特別なときだけで、仕事が忙しいて晩ご飯の用意ができひんときは、近所から出前取ってました。

　店の残りもんを食べるいうことも、めったになかったように思います。よそのお店はどうや知りませんけど、うっとこは、店は店、家庭は家庭、て食べるもんははっきり分けてました。

そんなわけで、ちょこちょこお客さんは戻ってきてますけど、前みたいに目が回るほど忙しいていう日は限られてます。

料亭だけやのうて、どんなお店でも、食べもん商売は活気がなかったらあきません。なんとか一日でも早いこと、むかしみたいにならへんやろか、て毎日のように夢見てます。

『泉川食堂』のお客さんも一段落《いちだんらく》したんで、『糺ノ森山荘』の様子をうかがいに行きました。

しんとしずまり返った板場へ入ると、岩田さんは黙々と包丁を研《と》いではりました。

「今夜もお客さんが少のうてすんませんなぁ。岩田さんに腕をふるうてもらう機会がなかなかないので、申しわけのう思うてます」

「なにをおっしゃる。謝らんならんのは、九代目ではなくてこっちのほうです。不甲斐《ふがい》ないことで申しわけありません」

立ちあがって岩田さんが一礼しはりました。

「その、九代目いうのはぼちぼちやめとぉくれやすか。女将さんて呼んでもろたほうがすっきりします」

「失礼しました。ご主人を女将さんと呼ぶことには、いささか抵抗がありますが、今後はそのように呼ばせていただきます」

岩田さんはその苗字のイメージどおりかたい性格です。けど、ほんまは堤《つつみ》さんなんかもしれません。人間の心理ておかしなもんですね。

「誰のせいでもないいんですけど、こない閑散《かんさん》とした板場を見ると、やっぱり胸が苦しいなります」

がらんとした板場には活気のかけらも見当たりません。

「やむを得ません。経営上のことを考えて、板場のシフトもこれ以上はないぐらい、まばらにしてます。今夜はわたしを入れて三人で回します」

岩田さんが唇を固く結んではります。

コロナの前は、どんなヒマなときでも、夜は十人近《ちこ》ぅが板場におりました。どうしても、そのころの空気と比べてしまいます。

「気ぃ遣《つこ》うてもろてすんませんなぁ。おっしゃるようにちょっとでも人件費を抑えとかんと、先行きが不安ですさかいに」

「少数精鋭でがんばらせてもらいます」

「今年も寂しい祇園祭《ぎおんまつり》になりそうやけど、今夜お越しになる上田《うえだ》さんご一家は、毎年うちの鱧料理を愉《たの》しみにしてはりますさかい、よろしゅう頼みます」

「承知しております。沼島《ぬしま》のええ鱧が入っとりますし、きっとご満足いただけると思います。去年までとおなじように、鱧の落とし、焼鱧、鱧しゃぶと定番でいかせてもらいます」

岩田さんが冷蔵庫から取りださはった鱧は、艶々《つやつや》と輝いてて、いかにも美味《おい》しそうです。

沼島ていう場所は淡路島《あわじしま》の一番南のほうにあるんですけど、ここの沖のほうで獲れる鱧はブランド化してるぐらい人気があります。マグロで言うたら大間《おおま》みたいなもんです。なんでも、沼島の沖合の海底がやわらかい泥状になってて、エサがようけあるさかい、鱧がよう育つんやそうです。

コロナ前は、沼島の鱧ていうたら、目の玉が飛び出るぐらい高い仕入れ値やったんですけど、今はそれほどではおへん。やっぱりコロナで需要が少のうなったさかいですやろな。ありがたいような、寂しいような、複雑な気分です。

うちの店で初めての夏を迎えるていうのに、ちゃんと沼島の鱧に目を付けはった岩田さんは、さすがやと思います。

ちょっと気になるのは、ありきたりの鱧料理を出そうとしてはることです。

「萩原とおんなじ献立ですか。岩田さんらしいに変えてもろてもええんですよ」

「いや。わたしは東の者ですから、鱧は馴染《なじ》みが薄い食材です。冒険はせずオーソドックスに料理させていただきます」

岩田さんは真剣な表情で、つの字に曲げた鱧を手にしてはります。

「そうか。関東ではあんまり鱧は使わはらへんのですよね。岩田さんはどこのお店で仕事してはったんです？　今さら訊くのもなんやけど」

おそるおそる訊いてみました。

「それが、わたしも覚えていないんです。場所が東京だったことだけで、店や大将の名前はさっぱり。おぼろげに顔は浮かぶのですが」

ゆがめた顔をかしげてはる岩田さんは、うそを吐《つ》いてはるようには見えしません。ほんまに記憶喪失みたいです。

と思いながらも、やっぱりまだ心のどこかでは、疑《うたご》うてます。なんか企んではるのと違うやろか。その気持ちを完全に払しょくするには、まだまだ時間が掛かるような気がしてます。そこへもってきて、華山さんのことも気になるし、なんやモヤモヤしたもんは残ったままです。

「余計なこと訊いてすみませんでした。今夜の上田さんのこと、よろしゅう頼みますえ」

「女将さん。ひとつお願いがあるんですけど」

「なんですやろ」

「鱧料理で萩原と対決させてもらえないでしょうか」

時季的に言うたら、次の対決の題材に鱧を使うても、なんにも不思議はないんですけど、岩田さんが言いださはるとは思うてもいませんでした。

「よろしいけど、岩田さんには不利なんと違いますか？　この前の筍対決でも負けてはるし。鱧を扱い慣れてる萩原と対決やなんて、無茶どっせ」

「前回は萩原にハンディを与えましたから負けましたが、実質はわたしが勝っておりました。こちらに来てから、わたしも鱧はかなり研究しましたし、少し秘策もありますから」

一瞬ですけど、岩田さんの鼻が高《たこ》うなったように見えました。ちょっとずつ、ほんまに、ちょっとずつですけど、岩田さんの心のなかが見えてきたような気がします。

最初のころは、疑う気持ちが強いせいもあって、口ではいろいろ言うてはっても、内心はどう思うてはるのか、分からへんことばっかりやったんですけど、最近はちょっとした表情の変化やとかから、なにを考えてはるか、どう思うてはるかが、分かるようになってきました。

鱧料理ていうたら圧倒的に関西が強いです。関東のほうのお店で、鱧料理を名物にしてるとこて、あんまり聞いたことがありません。

それに比べて、京都や大阪では夏になったら、どんなお店でも鱧料理の一品や二品は出てきます。

料亭やとか割烹《かっぽう》だけと違うて、居酒屋さんでも夏場は鱧が主役やて言うてもえぐらいです。

関東の岩田さんが、料理対決の題材に自ら鱧を選ばはるのは、よほど自信ていうか、秘策があるんやと思います。そんな自信が垣間見えたんです。それはこれまでになかったことです。

あんまり感情を表に出さはらへんていうか、表情を変えはることが少ないひとなんで、気持ちを推しはかることが、これまではできひんかったんです。

なんとのう安心しました。

「萩原の了解を取っていただけますか」

自信満々という感じです。

「分かりました。すぐに話してみます」

鱧料理を得意とする萩原が異を唱えるわけがありません。二つ返事で了解し、鱧料理対決は一週間後に決まりました。


なんとのうそんな予感がありました。

華山さんに、次の対決は鱧料理にしよかな、て言うたんも、そんな気がしてたからです。

まさかこんな早《はよ》ぅ実現するとは思うてませんでしたけど。

あのときの華山さんの反応も気になります。

どことのう、ですけど、鱧料理対決はさせとうない、ていう気持ちが華山さんには、あったような気がします。ぜんぜん見当違いかもしれませんけど。

いずれにせよ、おもしろい結果になるのは間違いなさそうです。

まだ僧休《そうきゅう》さんにも秋山《あきやま》さんにも連絡してませんのやけど、都合を付けてくれはったらありがたい思うてます。

3

梅雨《つゆ》がなかなか明けしません。

わたしが子どものころは、七月に入ったらすぐ梅雨明けになってたような気がしますけど、思い違いですやろか。

梅雨が明けんまま祇園祭がはじまりました。

よそのひとは祇園祭ていうたら、宵山《よいやま》と山鉾巡行《やまほこじゅんこう》だけやと思うてはるみたいですけど、ほんまは七月いっぱい掛けて行われる、長いお祭りです。

七月一日に吉符入《きっぷい》りていう行事があって、それから三十一日に『疫神社《えきじんじゃ》』で神事が行われるまでのあいだ、京都は祇園祭一色に染まるて言うてもええぐらいです。

京都のひとは親しみを込めて、祇園祭のことを〈祇園さん〉て、友達呼ぶみたいな言い方します。

〈祇園さん〉のあいだは、みんな競うようにして鱧を食べます。

鱧て高級魚やて思われてると思いますし、事実お料理屋さんで食べる鱧料理は、それなりの値段がします。

けど、魚屋さんで焼いて売ってはる焼鱧なんかは、ほかの焼魚とたいして変わらん値段で買えますし、照焼《てりやき》にしてあるさかい、ええご飯のおかずになります。

そういう意味でも、三回目の料理対決の題材に鱧を選んだんは正解やと思います。

岩田さんが使わはるやろ沼島の鱧と、お魚屋さんの店先に並んでる焼鱧の鱧とでは、値段に雲泥《うんでい》の差があると思いますけど、どっちも料理の仕方次第で美味しいなりますし、下手な扱いしたらとんでもない料理になってしまいます。

料亭のほうから食堂へと活躍の場を移した萩原も半年以上が経って、だいぶ慣れてきたやろし、値ごろな食材をじょうずに使うて、美味しい料理を作ることに、自信を持ってるはずです。

鱧を扱い慣れてはらへん関東の料理人やさかい、案じてはいましたけど、どうやら岩田さんにも秘策があるみたいやし、どっちが勝つか以上に、どんな料理を食べさせてくれるのか愉しみです。

僧休さんは二つ返事で引き受けてくれはったみたいやし、秋山さんはほかに予定が入ってたんをずらしてくれはったていうことで、六人の審査員が揃うことになりました。

なにもかもうまいことといってるように思うなかで、ただひとつ気になるのは華山さんのことです。

朝ご飯食べながら、旬さんにそのことを話しました。

「気にし過ぎなんじゃないかな。華山さんと岩田さんのあいだに接点があるようには思えないし、ましてや華山さんが鱧対決を避けたがってる、ていうのはうがち過ぎだと思うよ」

いつもながら、旬さんは平静を保ってはります。

「そうですやろか。あのときもラジオの中継に文句付けに来たと見せかけといて、ほんまは岩田さんのことを調べに来はったんやと思うんですけど」

旬さんにご飯のお代わりを手わたしました。小さいご飯茶碗とは言うても、朝から三杯もお代わりしはるんやから、たいした食欲です。

「仮に華山さんが岩田さんのことを知ってたとしても、差しさわりがあるようなことじゃないだろう。もしも岩田さんに悪い噂があったりすれば、きっとその場で話してたと思うよ。華山さんは遠慮するようなひとじゃないから」

ご飯をかきこんではる様子を見たら、四杯目を食べはりそうな勢いです。若い学生やないんやから、て苦笑いするしかないです。

「そうやとええんですけど」

そろそろお番茶の用意をせんと、お櫃《ひつ》が空《から》になってしまいそうです。

「華山さんと言えば、鱧料理の神さまとまで崇《あが》められているひとだから、鱧には特別な思い入れがあるんじゃないかな。きっとそれゆえのアドバイスなんだろう」

お代わりはもうあきらめはったみたいです。

「えらい華山さんに肩入れしはりますやん。旬さんにしてはめずらしいこと。雪が降らへんかったらええんですけど」

熱いめのお番茶を出しました。『一保堂《いっぽどう》』さんの〈いり番茶〉は、いつの間にか旬さんの大のお気に入りになりました。京都に来はったころとはえらい違いですわ。

ほかのほうじ茶とひと味もふた味も違うて、『一保堂』さんの〈いり番茶〉は独特の香りがあります。わたしらは子どものころから飲んでるさかい、焚火《たきび》みたいなええ香りやと思うんですけど、初めてのお方はたいてい顔をしかめはります。馬糞《ばふん》みたいな臭いがする、て言わはるんです。失礼な話ですやろ。

ところが、何度も飲んでるうちに、だんだん好きになってきはるのも、この〈いり番茶〉の特徴ですねん。

そのうち、旬さんみたいに病みつきになってしもうて、切らしたら機嫌悪ぅならはるんです。

それはさておき、わたしもうっかりその話を忘れてしもてました。

たしかに華山さんて言うたら、鱧料理の神さんみたいに言われてはります。鱧は細こうに骨切《ほねきり》する技術がたいせつな食材で、じょうずに骨切した鱧と、へたな料理人のそれでは雲泥の差があります。

ところが華山さんは独自に編《あ》みだした技法で、骨を切るんやなしに、抜いてしまわはるんやそうです。

残念ながらわたしはまだ食べたことがないんですけど、聞いた話では、食べたことのない食感で、得も言われん味やていうことです。

そんな高等技術を持ってはるさかい、鱧料理対決は陳腐《ちんぷ》に見えるのかもしれません。旬さんの言うてはるとおりなんやけど、どこか釈然《しゃくぜん》とせんもんがあります。

このことを知ったら、またなんぞ言うてきはるんやろか。

虎の尾っぽを踏んでしもうたんかもしれませんけど、今さら引き返すことはできません。今日はもう対決の本番ですさかい。

今回から料理対決の日は、両方ともお店を休むことにしました。強制やないんですけど、従業員も見学することになってます。ほぼ全員参加なんは、それだけみんなの関心が高いていうことでしょう。

そら、そうですわな。野球で言うたら来シーズンの監督を決めるみたいなもんやさかい、選手にとってもひとごとやおへん。

ふたりがどんな料理を出して、それを審査員がどう評価して、結果どっちが勝つか、興味津々《きょうみしんしん》ですわね。

イワシやとか筍に比べたら、鱧は料理のバリエーションが少ないように思います。落とし、お椀、焼鱧、鱧しゃぶ、鱧寿司。思い当たるのはこんなとこですやろか。最近では鱧カツも流行《はや》っているみたいです。今日はふたりがどんな料理を食べさせてくれるのか。正直なとこ、ふたりの料理対決は勝ち負けより、そっちが愉しみになってきたんです。

毎回ぜひに、とラジオ局さんが言うてはったんですけど、丁重にお断りしました。これ以上刺激せんほうがええ、て宜さんが助言してくれはりましたし、板場のみんなも同意してくれました。

いよいよ三回目の料理対決がはじまります。

肝心の鱧ですけど、あいにく瀬戸内《せとうち》産が入ってきぃひんかったんで、ふたりとも韓国産の鱧を使うことになりました。

韓国産やていうと、わたしらはつい、あんまり上等やないて思うてしまいますけど、韓国産にも段々あって、値段もピンキリです。

当たり前ですけど、岩田さんはそのピンのほう、萩原はキリを使います。なんでも仕入れ値は三倍ほどの開きがあるんやていうことですけど、鱧そのものを見ても、あんまり違いは分かりません。

岩田さんも萩原も三回目やさかい、これまで以上に気合が入ってるはずです。得意な鱧料理やからか、萩原は時折笑みも浮かべて、余裕しゃくしゃくといったところですけど、岩田さんは鱧に慣れてはらへんさかい、怖いほど真剣な顔で鱧を手に取ってはります。

審査員どうし、軽ぅに挨拶を交わして席に着きます。いよいよ始まりました。

おふたりの審査員は、この前と似たようないで立ちですけど、よう見たら、僧休さんの茶羽織は、薄茶色に変わってるし、秋山さんが襟元に巻いてはるスカーフも、前のピンクよりも濃い桃色です。おしゃれには気を遣うてはるんです。

僧休さんは相変わらずニコニコとした顔で、盆栽でも見てるような、穏やかな顔で調理台のほうを見てはります。

いっぽうで秋山さんは、ノートを広げて、その横にタブレット置いて、一眼レフのカメラ首からぶらさげて、やる気満々ていう感じです。中腰になってのぞき込んだり、カメラを頭上に掲げて写真撮ったりと、せわしないことです。

試食やさかい少量とは言え、審査員六人分の料理を作るのはけっこう大変なんと違いますやろか。

ふだんやったら二番手の子とかに手伝わせるんですけど、料理対決のときはぜんぶひとりでせんなりません。

下ごしらえから盛付《もりつけ》まで、ちょっとでも無駄な動きがあったら、即負けにつながりますさかい、ふたりとも頭で考えながら料理してはるのが、手に取るように分かります。

鱧てよう見たら怖い顔してるんですね。あんな鋭い歯で噛まれたら、指がちぎれるのと違うやろか。

おんなじ長もんでも、鰻《うなぎ》やとか穴子《あなご》は頭も小さいし、どことのう愛嬌《あいきょう》のあるらへんかったていうのが分かるような気がします。

　萩原は定石《じょうせき》どおりて言うか、思うてたように鱧の骨切からはじめました。シャリッ、シャリッとリズミカルな音を立てながら、手慣れた包丁さばきを見せてくれてます。

　いっぽうで、岩田さんはて言うたら、なんとお米を丁寧に研ぐことからはじめはりました。ちょっと意外でしたけど、これが岩田さんが言うてはった秘策なんやろか、とワクワクします。

　萩原は手際よう骨切した鱧の身をタレに漬け込んでいるみたいです。鍋に油を張ってるとこみると、揚げるんと違うやろか。ひょっとして、鱧の唐揚げ？　それは食べたことないなぁ。萩原らしいけど、どんな味になるんか心配です。

　岩田さんはお米を研ぎ終わらはったみたいやけど、これから炊いて間に合うんかしら。お米はしばらく水分を含ませてから炊かんと美味しいないない思うんですけど。

「洗い炊きのご飯で勝負しはるんですやろか」

心配そうな顔で悦子さんがわたしに耳打ちしはりました。

「わたしもそう思うた。芯が残るのと違うかしら」

相づちを打ちました。

「女将さん、ご心配には及びません。このお米は小一時間浸漬《しんし》してありますんで」

岩田さんがニヤッと笑わはりました。声は聞こえてへんやろに、わたしらが案じてたんを見透かしてはったんです。さすがですわ。

「たぶんそういうことだろうと思っていたよ」

旬さんがうなずいてはります。みんな気になることは一緒なんですね。

羽釜《はがま》に火を点けてから、岩田さんが鱧をまな板の上に寝かせはりました。

ふつうやったら、骨切するんですけど、ちょっと様子が違います。身を切り分けて、四分の一ほどを手に取り、なんや細かい包丁目を入れてはります。骨切してない身をどう料理しはるんやろ。思わず前のめりになると、旬さんも宜さんも悦子さんも、そして秋山さんも、みんなおんなじような姿勢で、食い入るように見入ってはるのがおかしいです。ただひとり、僧休さんだけは、表情ひとつ変えんと、にこにこしてはります。

萩原の板場のほうから芳ばしい香りが漂うてきました。やっぱり唐揚げみたいです。鱧の天ぷらやとかフライは、よう見かけますけど、唐揚げはめったに見ません。どんな味になるんやろ。

ふたりが料理対決に慣れてきたせいか、これまでより見ごたえのあるバトルになってます。これやったらラジオやのうて、テレビで中継してもろてもええんと違うやろか。

クワバラクワバラ。あの御大《おんたい》の顔が浮かんできて、あわてて打ち消しましたけど。

制限時間になって終わってみるまで、目の前で見てても、どんな料理に仕上がるのか、想像すらできひんもんもあるし、すぐに分かるもんもありました。

萩原のほうから先に発表することになりました。

額にうっすらと汗をかいてますけど、無事に料理を作り終えた達成感からか、爽やかな顔つきで口を開きました。

「ひと品目は鱧ザンギです。北海道ふうの鶏の唐揚げを鱧でやってみました。ちょっと濃いめのタレに漬け込んでますので、ご飯によう合う味になってます。ご飯とみそ汁、おばんざい一品とお漬物を付けて、千五百円ぐらいで出したいとこです。もうひと品は鱧ステーキ。シンプルにオリーブオイルで焼いて、バジルソースを掛けました。添えの野菜はジャガイモのソテー、ニンジンのグラッセです。ザンギのほうは男性向け、こっちは女性向けにしてます。こっちはパンとサラダ、スープを付けて千八百円かなと思ってます」
『泉川食堂』では〈鱧ザンギ定食〉ていうメニュー名で出そうと思ってます。

萩原らしいし、食堂によう似合う料理です。

価格設定まで考えてくれてるのがありがたいです。萩原が提案した価格やったら、お客さんにも喜んでもらえるやろし、そこそこ利益も出るやろ思います。

ふた品を試食しながら、審査員はみんなうなずいてますし、きっと高評価やと思います。この前の筍料理対決のときは、萩原の料理を否定してはった秋山さんも、首をかしげたりしてはりませんし、納得してはるんやと思います。

ザンギふうて、ちょっと荒っぽい味になるかなと心配したんですけど、思うてたよりあっさりしてて、これやったら女性にも人気が出るような気がします。

鱧ステーキはわたしの好きな味です。ちょっとイタリアンみたいな感じで、パンによう合います。付け合わせにパスタを持ってきてもええかもしれません。こっちは萩原が言うとおり、絶対女性にうける料理です。ちょっと白ワインが欲しいなりました。

そや、今度から試食のときにお酒も付けようかしらん。そのほうが審査しやすいかも、て思うのは、わたしがお酒好きやしやろか。

次は岩田さんの番です。

「一品目は鱧のネギトロふう。鱧の身を細かく叩いて、白ネギと和《あ》えました。ワサビ醤油で召し上がっていただきます。もう一品は鱧飯。宮島《みやじま》名物の穴子飯を鱧に代えたものです。鰻重《うなじゅう》ほどくどくはなく、穴子飯ほど淡白ではない。鱧ならではの味わいを愉しんでください」

さすが岩田さん。パッと見は、どこにでもあるようやけど、どっちもありそうでなかった鱧料理です。また、盛付がきれいなこと。料亭はかくあるべし、ですわ。

ネギトロふうが盛ってあるのは、唐草紋様《からくさもんよう》の染付《そめつけ》の古伊万里《こいまり》です。何代前からあるのか分からへんぐらい、むかしから伝わってるお皿です。

ちょこっと欠けたとこを金継《きんつ》ぎしてあるのも、ええ景色になってるんやて、父がよう自慢してました。

皮の部分を取って、白い身だけを叩いてあるさかい、真っ白できれいです。ようう見たらうっすらとピンク色にも見えます。

びっくりしたんはその舌ざわりです。骨のかけらものうて、ふわふわの身なんです。見てたら、骨切してはらへんかったし、どないしたらこんな食感になるのか不思議でしたんや。そうか骨抜きしはったんや。

蓋付きの小さい漆椀《うるしわん》に入ってる鱧飯は、一見したとこ、たしかに宮島名物の穴子飯によう似てます。そうか。この手があったんや。

粉山椒《こなざんしょう》と違《ちご》うて、柚子皮の刻んだんを振りかけて食べます。子どものころに食べてた焼鱧と違《ちご》うて、ものすご上品な味です。お造りと一緒で、こっちもぜんぜん骨が触りません。あの骨はどこへ行ったんですやろ。

「ちょっとすごいですね」

旬さんが目を見開いて、僧休さんに顔を向けはりました。

「笑うしかないですな。これならいくら払ってもいいです。萩原くんのと違って」

ニヤリと僧休さんが笑わはりました。この前とは逆です。

わたしはまだどっちが勝ちとも決めかねてますけど、僧休さんはもう岩田さんの勝ちと決めてはるみたいです。

秋山さんはどうなんやろ。難しい顔してふたりの料理を食べ比べてはります。宜さんと悦子さんは、て顔を見てみると、どっちも首をひねってます。たぶん決めかねてはるんやろうと思います。

今回も甲乙つけがたいです。味の面だけでやったら、全部に満点付けたい思います。四品ともお店で出したら、きっと人気商品になるんと違いますやろか。

今回もあれこれ悩みましたけど、なんとかふたりの点数を付けることができました。

ほかの五人も点数を書き入れてはります。ふたりはどう思うてはるんやろ、と顔を見てみたら、勝利を確信しているのか、萩原は満足そうな笑みを浮かべながら、後片付けをはじめてますけど、岩田さんは唇をまっすぐ結んで、かたい表情のままで鍋を磨いてはります。なんか、ちょっと意外な気がします。

そしていよいよ結果発表の時間です。

ひとつの料理を五点満点で評価するので、ふた品で十点が満点になります。六人合わせて最高点が六十点で、今回は特にハンディなしです。

さぁ、どうなりますやろ。

点数を書いたボードを一斉に上げます。緊張の瞬間です。

思わずみんな顔を見合せたのは、岩田さんの圧勝やったさかいです。

僧休さん、旬さんとわたしの三人は十点満点を付けました。秋山さんと悦子さんが九点、宜さんが八点で、六人の合計は五十六点です。

萩原のほうは、僧休さんと旬さんが九点で、宜さん、悦子さんとわたしの三人が八点、秋山さんがちょっと厳しいて七点。合計が四十九点。七点も差が付きました。

よっぽど自信があったんでしょう、萩原は茫然《ぼうぜん》としてます。

いっぽうで岩田さんは淡々とした表情で、審査員席に向かって一礼しはりました。

わたしからしたら当然の結果やと思いますけど、みんなはどう思うてはるんやろ。なんでこれだけの差が付いたか、内輪はともかくとして、外部のおふたりにその理由を聞いてみたいと思います。

「ひと言ずつでよろしいさかい、ご感想をいただけますやろか。僧休さんからお願いします」

しんとしずまり返っているので、マイクは要りません。

「わたしは常に、この料理をお金を払って食べたいかどうか、を基準にして点数を付けさせていただいてます。値段も見る必要がない。いくら払っても食べたいと思う料理には五点満点を付けさせていただいてますが、今日の岩田さんの料理はふた品ともそれでした。鱧という魚をここまで昇華されたことに敬意を表します。以上です」

「ぼくは少し違うな。もちろん岩田さんの料理はすばらしかったけど、どちらかというと、萩原くんが自滅したという気がする。ザンギふうは居酒屋で出てくるような感じだし、ステーキはビストロ料理だ。どちらも和食の良さがまったく感じられない。食べて美味しいだけではなくて、日本料理に対するリスペクトがないと」

「岩田さんのお料理が満点と違《ちご》うたんはなんでです？」

　不思議に思うたんで訊いてみました。

「具体的な店の名前は控えますが、以前ある料亭でおなじような鱧料理を食べたことがあるからです。もっとも岩田さんのほうがはるかに旨《うま》かったのですが。そういうわけでいました。

一点引かせていただきました」

　秋山さんが岩田さんのほうに視線を向けはりました。

　一瞬、岩田さんのこめかみがピクッと動いたように見えましたけど、気のせいやったかもしれません。いつもとおなじ表情です。

「今の時代はこれほどたくさんお店があるのですから、似たような料理を出す店があっても、不思議ではありません。料理そのものに価値があれば問題はないでしょう」

　僧休さんが口を挟まはりました。

「ありがとうございます。おふたりのご感想は、岩田さんには励みになったやろうし、きっと萩原にも参考になったと思います。また次の対決もよろしゅうお願いします」

おふたりに頭を下げました。

秋山さんの言い分もよう分かるような気がしますけど、萩原はあくまで『泉川食堂』で出す料理として作ったんやと思いますし、そこも加味してやって欲しかった気がします。

「ぼくが岩田さんの料理に満点を付けたのは、なんと言ってもその調理法です。骨切をしなかったということは、おそらく骨を抜いたんだと思うけど、その技術はすごいよね。根気も要るんでしょうけど、鱧料理の可能性がすごく広がったと思う」

訊いてもいいひんのに、旬さんが発言しはりました。よっぽど言いたかったんですやろな。

「そこは少し疑問です。さっきも言いましたが、似たような調理法をほどこした鱧を、ぼくはほかの店で食べたことがあるので、すごいとまでは思いません。ぼくは一年に数百軒のお店を食べ歩いていますから、似たような料理が出てくるとすぐ分かるのですよ。あそこのあの料理とよく似ているな、と」

秋山さんが僧休さんを見て、ニヤッと笑わはりました。

「一年に数百軒ですか。それはすごいですな。わたしのような老いぼれは、その十分の一にも届きません。そう言えばむかしは、うちの会社にもそういう社員がおりましたな。取引先を増やすんだと言って、毎日のようにあちこちの会社に飛び込み営業を掛けていました。いつの間にかいなくなりましたけどね」

僧休さんもおなじような笑いを秋山さんに向けはりました。

バチバチと音こそしませんけど、おふたりのあいだに火花が散ってます。

宜さんと悦子さんもなにか言いたいやろか、て顔を見たら、ふたりとも顔の前で手をひらひらと横に振ってます。

まぁ、立場上ふたりは言いにくいんやろと思います。あとでこっそり聞いときます。

とにもかくにも今回の料理対決も無事に終わってホッとしてます。

火花を散らしてはったおふたりが帰らはったあと、萩原が挨拶に来ました。

「女将さん、いや九代目。すんません。不甲斐ないことで。絶対勝てると思うたんですけど」

　これ以上はない、ていうぐらい悔しそうな顔してます。

「ようやったと思うえ。ただ、岩田さんがはるかにその上を行かはっただけです。けど、今日の料理は、勝ち負け抜きにしたら、ほんまによかった思います。言うてたような値段で出せたら『泉川食堂』の繁盛は間違いなしや」

　萩原の肩を叩いて励ましました。

「そんなに違いましたか？　見てるだけではよう分からへんかったんですが」

「食べてみたらその違いは一目瞭然《いちもくりようぜん》。これまで食べてた鱧とはぜんぜん別もんでした」

「ぼくも食べてみたかったなぁ」

　萩原が空になった器をうらめしそうに見つめてます。

　いつの間に来てはったんか、岩田さんが小皿を持って傍《そば》に立ってはりました。

「よかったら食べてみますか？」

「いいんですか？」

　言うが早いか、萩原がわたしのお箸を取ってネギトロふうのお造りを、あっという間もなく口に運びました。

「こんな感じです」

岩田さんが笑顔を萩原に向けはったんですけど、勝ち誇るでもなく、淡々とした表情に余裕を感じます。

「なんじゃ、これ、ていう感じですね。どうやったら、あの骨だらけの鱧がこうなるんです？　信じられへんのですけど」

萩原は少年のような無垢《むく》な表情で首を何度もかしげてます。

「コツさえつかめば、それほど難しいことではありません。ただ、ちょっとだけ面倒ですけどね」

旬さんと宜さんも野次馬《やじうま》みたいにして寄ってきました。悦子さんは仕事が残ってるのか、いつの間にか姿を消してはります。

岩田さんは苦笑いしながら、みんなを引き連れて、調理台のほうに向かわはりました。

なんや料理教室みたいなことがはじまりました。

「鱧を三枚におろします。骨抜きは大きめの鱧のほうがやりやすいので、少なくとも五百グラム以上の鱧を選んだほうがいいでしょう。三枚におろしたあとですが、普通の魚は血合骨を引っ張ると、すっと抜けるのですが、鱧の場合は、血合骨と皮の下に埋まってる骨が、Yの字型につながってますから、血合骨を引っ張るだけではその骨が抜けません」

岩田さんが実技指導してはるのを、萩原は食いつくようにして見つめてます。旬さんと宜さんは、分かったような分からへんような顔で、それでも興味深そうに岩田さんの手元をのぞきこんではります。

「この骨をどう抜くか。ここが最大のポイントです。こっちから抜くのは無理で、ただひとつの方法はこっちから抜くことです」

岩田さんが手に持った鱧の切り身をあっちに向けたり、裏返したりして萩原に見せてはります。

「そこでこの位置に包丁を入れて、身をめくりあげて、骨を露出させると、こっちから引き抜きやすくなります」

「なるほど」

わたしらにはチンプンカンプンやけど、料理人やったら分かるんでしょうね。

「この位置に包丁目を入れてめくったら、骨が斜めに並んでるのが分かるでしょ。あとは骨抜きを使って、こっちから丁寧に、慎重に引っ張ったら、きれいにY字型の骨が抜けるんです」

ほんまにスーッときれいに骨が抜けました。手品みたいです。

「かなりの慣れが必要なのと、根気が要りますね。ぼくみたいに気の短い人間には不向きかもしれん」

萩原が苦笑いしてます。

「岩田はんは関東の料理人やのに、ようこんな技術を習得しはりましたな」

宜さんが感心してはると、岩田さんはスッと目をそらさはったような気がしました。今度も気のせいやろか。

毎年鱧料理を愉しみにして来てくれはる上田さんご一家ですけど、コロナのせいで延び延びになってたんが、やっとお越しになることになりました。ちょうどええ機会やさかい、料理対決とおんなじ料理も出すことになりました。

それはそれは、みなさんえらい喜んでくれはりました。こんな鱧は食べたことがない、て言うて。奥さんは総入れ歯なんですけど、こんなやわらかい鱧やったら、なんぼでも食べられるて言うてくれはりました。

こないして料理対決が、ただ勝ち負けを決めるだけやのうて、お客さんに喜んでもらう切っ掛けになったら、ほんまにうれしいことです。

なによりありがたいのは、負けた萩原が岩田さんから学ぼうとしてることです。ふつうやったらくさってもしょうがないとこやけど、謙虚に教えを乞う、て、これまでの萩原にはなかった姿勢です。

料亭と食堂。最初はそんな取り合わせがうまいことといくんやろかと心配ばっかりしてましたけど、どうやらええように歯車が回ってくれてるみたいです。

もう今から次の対決が愉しみになってきました。コロナもようやく落ち着いてきたし、さぁ、いよいよこれから忙しなりますえ。新米女将やなんて悠長《ゆうちょう》なこと言うてられしません。精いっぱい気張らせてもらいます。

# 第四話

# もみじ弁当対決

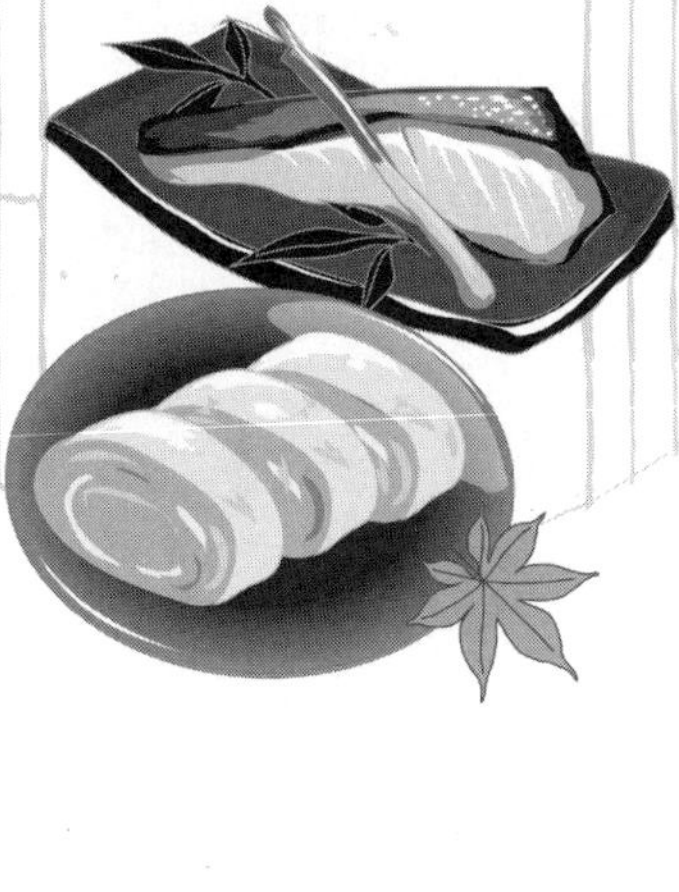

1

季節が移るのはほんまに早いもんです。

子どものころて、もっと一年が長かったような気がします。

夏休みと冬休みは、あっという間に済んでしまいますけど、そのあいだの学期は、うんざりするほど長かったように思います。

特に夏休みが終わって、二学期がはじまって、冬休みが来るまでは、終わりがないような気がしてました。

せやさかい、紅葉《こうよう》が待ち遠しいてね、通学路のもみじの木が早いこと紅葉せえへんやろか、て毎日見上げてたんをおぼえてます。

今は逆です。

もう紅葉がはじまったんかいな、て驚いてます。コロナ禍になってからは余計そう感じますね。一年があっという間に過ぎてしもうて、なんにもせんうちに、夏から秋に移ってます。

春の桜と並んで、秋の紅葉は、食べもん商売にとってはかきいれどきです。令和に入ってからはコロナのせいもあって、目が回るような忙しさとは縁がありませんでした。なんとか今年は取り返さんと、冗談やのうてほんまに潰《つぶ》れてしまいます。

おかげさんで順調に予約が入ってますけど、それでもコロナ前に比べたら、七割もいきません。週末やとか連休は例年並みですけど、平日はさっぱりです。

相変わらず、ていうか『泉川食堂《いずみかわ》』の好調ぶりは、すっかり定着しました。ランチどきには行列ができることもありますし、テークアウトもたいてい早い時間に売り切れてしもうてます。

業績はずっと右肩上がりで、『糺《ただす》ノ森《もり》山荘』の減収分をカバーしてくれるぐらいまで成長しました。ほんまにありがたいことやと思うてます。

秋本番。行楽シーズンを迎えてこれからどうなることやら、うれしいようで、ちょっと怖いような気もします。パニックにならんようにだけ気ぃ付けんと。

紅葉がありがたいのは、桜に比べて長丁場やということです。

桜はほんまにあっという間です。

三月の中ごろ過ぎからぼちぼち咲きはじめたと思うたら、下旬にはもう満開になってしもて、四月に入ったらちらほらと散りはじめてしまいます。

京都が桜でにぎわうのは、半月から、せいぜいがひと月です。

ありがたいことに紅葉は、なんやかんや言いながらふた月近《ちこ》ぅ愉《たの》しませてくれますやろ。

早いとこで言うたら、『曼殊院門跡《まんしゆいんもんぜき》』さんやとか、『青蓮院門跡《しようれんいんもんぜき》』さん。年によって違いますけど、だいたい十月半ば過ぎから色づきはじめます。

このころはまだ、紅葉目当ての観光客は少ないので、穴場の時季やと思います。

十一月に入ったら、山のほうから里のほうへ順番に紅葉していきます。場所さえ選んだら、十一月のあいだはいつでも紅葉狩《もみじがり》ができます。

最近は温暖化のせいですやろか、十二月に入ってからのほうが、きれいに色づいているような気がします。

『南座《みなみざ》』で行われる吉例顔見世《きちれいかおみせ》興行と紅葉をいっしょに愉しめるやなんて、むかしはなかったと思いますえ。

京都の紅葉で、一番遅ぅまで愉しめるのはどこやご存じですか。あんまりみなさんご存じやないんですけど、これがうちの近所の『下鴨神社《しもがもじんじゃ》』ですねん。

十二月の中ごろになっても、まだきれいな紅葉を愛《め》でることができるんです。師走《しわす》に入ったらみなさん忙しいですやろ。せやさかいさすがの京都も空《す》いてます。特にコロナ禍になってから、十二月は京都のどこへ行ってもがらがらですわ。ゆっくり、のんびりできますさかい、ぜひ来とぉくれやす。

宣伝はこれぐらいにして、お料理の話にしまひょ。夏の鱧《はも》料理対決の後日談です。

カウンター席が主体の割烹《かっぽう》と違《ちご》うて、料亭にはめったにひとりで夜の食事に来られるお客さんはおられません。

観光で京都へお見えになった年輩の男性が、ゆっくり夕食を食べたいからとおっしゃってお越しになることが、ごくたまにあるぐらいで、それも月にひとりあるかないか、ぐらいのことです。

それがおんなじ日に、しかもおなじ時間におひとりさまの予約がふた組入ったんです。こんなことは初めてや、て宜《のり》さんも言うてました。

八月に入って、そろそろお盆も近い、という暑い日のことです。

ひと組、ていう言い方もおかしいかもしれませんけど、うちの店はむかしから、人数にかかわらず、お客さんは組で数えることになってます。

ふた組のうちのひと組は東京からのお客さんで、二年前に奥さまとふたりでお見えになった、加地《かじ》さんという方です。

記録を見てみると、日本酒がお好きなようで、奥さまとおふたりで六合ほど飲んではります。今回はおひとりでお越しになるていうことです。どんなお酒をお奨《すす》めしたらええか、悩ましいとこです。

もうひと組は木平《きひら》さんていう女性のお客さんで、電話の声から受ける感じでは、比較的若い方やと思います。なんとのうですけど、業界関係のひとやないかと。

お仕事絡みやのうて、若い女性の方がおひとりでうちに来られることは、めったにありません。たまにご年輩の女性がお見えになりますけど、そういう方はたいてい、目的をはっきり伝えてくれはります。これこれこういう思い出があるので、とか、こういうもんが食べたいさかい、とか。

そうでない女性おひとりさまは、食のライターさんやとか、同業者のリサーチやとか、がほとんどです。木平さんもたぶん、そのどっちかやないかと思うてます。

加地さんのほうは、特に料理のご希望はなかったんで、鱧をメインにした懐石《かいせき》コースにさせてもらいました。

木平さんはどちらからお越しになるのかお聞きしてませんけど、言葉つきからして、関東のお方やと思います。

むかしは連絡先のお電話番号をお訊ねすると、その市外局番からおおよその地域が分かったんですけど、今はみなさん携帯の番号なんで、まったく分かりません。

木平さんは鱧料理をリクエストされたんで、鱧尽《づ》くしではないんですけど、加地さんのコースよりも鱧料理を増やして、献立を組みました。どっちにも、岩田さんが料理対決で出さはったふた品の料理が入ってます。

お客さんが少なかったんで、どちらも個室をご用意しました。〈桐壺《きりつぼ》〉と〈葵《あおい》〉です。

二階の個室はぜんぶ高野川《たかのがわ》に面してますので、川越しに東山《ひがしやま》を望む、景色のええお部屋です。

おひとりさんは話し相手もないさかい、時間を持て余さはることもようあります。そんなときにはええ景色を眺めることで間が持てます。

隣り合わせのふた部屋とも、床《とこ》の間を背にして、窓側を向くかたちに椅子を置きました。

この五年ほどですやろか。ご宴席やとかで特にご希望がない限り、座敷机と違《ちご》うて、テーブルと椅子をご用意してます。

足が楽やさかい年輩の方には好評です。

本来、お座敷は畳に座ったときの視線を考えて設《しつら》えがしてありますので、最初はちょっと違和感があったんですけど、身体《からだ》が楽で、リラックスして食事できるほうを優先しました。

八月の夜六時ていうたら、まだまだお陽《ひ》さんも高《たこ》うて、暑さもぜんぜんやわらいでません。先にお着きになった加地さんは開襟《かいきん》シャツだけやのに、額に玉の汗を浮かべてはります。

「暑いなかをようこそお越しくださいました。どうぞお二階へ」

お出迎えしてお二階の部屋〈桐壺〉へご案内します。

「やっぱり京都は暑いですな。東京とはえらい違いだ」

階段を上りながら、加地さんはハンカチで顔の汗を拭いてはります。

「この二、三日は特に暑いように思います。こういう日には鱧が一段と美味しいなるみたいですよ」

「そいつはありがたい。実はお電話で予約したときに、鱧のことを言い忘れていて、ちょっと心配だったんですよ」

加地さんから麻のジャケットをあずかりました。老紳士という言葉がぴったり当てはまる、おしゃれな方です。

「この時季の京都では鱧が欠かせしません。鱧尽くしではありませんけど、鱧を使うた料理を何品かお出しさせていただきます。加地さま、お飲みものはいかがいたしましょ?」

「やっぱり、まずはビールだな。食事がはじまったら日本酒に切り替えますが」

ようやく汗が引いたようで、おしぼりで手を拭《ぬぐ》ってはります。

「承知しました。生《なま》と瓶《びん》がございますが」

「生ビールの小さいのをいただけますか。喉《のど》を潤す程度の」

「すぐにお持ちします」

「よろしく。しかしいい眺めですな。ここまで来た甲斐《かい》があるというものだ」

腰を浮かせて細めた目を窓の外に向けてはります。

こっちから訊くのも失礼やと思うてますけど、奥さまはどうなさったんやろ。ちょっと気になってます。

階段のしたのほうから声が聞こえてきました。木平さんがお見えになったみたいです。

慌てて階段を降りたら、やっぱりそうでした。

「ようこそお越しやす。お待ちしてました。暑かったですやろ」

「久しぶりに京都へ帰ってくると、やっぱり暑さがこたえますね。木平と申します。今日はよろしくお願いします」

「主人の朱堂《すどう》です。こちらこそよろしゅうお願いします。どうぞお二階のほうへ」

木平さんを〈葵〉へ案内します。

「そうとう年季が入った建物だとお聞きしていますが、お手入れも大変でしょうね」

一段ずつゆっくり上がりながら、木平さんがあちこちを見まわしてはります。

「これを守っていくのも、わたしらの使命やと思うてやってますけど、ほんま言うたら建て替えたほうがよっぽど楽ですわ」

「京都はそういうところがだいじなんですよね」

「どうぞお入りください」

引き戸を開けると、冷たい風が流れてきます。この部屋のエアコンはよう効いてます。

「すてきな眺めですね。高野川越しに東山が見えるなんて。比叡山《ひえいざん》も近くに見えます」

窓際に駆けよって、木平さんが外を眺めてはります。

「ほんまにええ場所でお商売させてもろてて、ありがたいことやと思うてます。木平さん、お飲みものはどうさせてもらいましょ？」

「冷えた白ワインがあったらお願いします。銘柄はおまかせします」

「承知しました。グラスでよろしいですね」

「はい。ボトルだとつい飲み過ぎてしまいますので」

木平さんが苦笑いしてはります。酒豪なんですやろか。初めてやのに、どこかでお目に掛かったことがあるような気がします。

「承知しました。お料理のほうはお聞きしてたとおり、鱧をメインにしてコースを組ませてもろてます」

「ありがとうございます。ひとり客でご迷惑をお掛けしますが、どうぞよろしくお願いいします」

「迷惑やなんてとんでもない。実はお隣の部屋もおひとりさまなんですよ」

「それを聞いて安心しました」

腰をおろして木平さんがにっこり笑わはりました。

「どうぞごゆっくりなさってくださいね」

ふた組とも、ええ感じのお客さんでホッとしました。

正直言うと、おひとりさんは緊張します。うるさい、て言うたら言葉が悪ぉすけど、面倒なお客さんが多いんです。やたらうるそう注文付けはるひととか、不愛想なひととか、なかなか一筋縄ではいかへんのが、おひとりさんのむずかしいとこです。

なかにはずっと横にいて、話し相手になってくれていうお客さんもやはりますし、逆にひとりで愉しみたいから、料理は何品かまとめて出してくれ、て言わはるひともあって、千差万別です。付かず離れずが一番やと思うんですけど。

さいわいなことに、今夜はお客さんも少ないさかい、できるだけお世話しようと思うてます。

まずは加地さんとこへビールをお持ちします。

「お待たせしました。先にビールをお持ちしました。すぐに料理もまいりますので、喉を潤してもろてお待ちください」

折敷《おしき》の上に竹のコースターを敷いて、ビアグラスを置きました。

「ありがとう。これぐらいの量がちょうどいいね。いただきます」

手を合わせて、加地さんがグラスをかたむけはりました。喉を鳴らして美味《おい》しそうに飲んではります。

「うまい……。喉に染みわたります」

グラスが小さいさかい、三分の一ほどしか残ってしません。

「もうちょっと大きいグラスにしたらよかったかもしれませんね。お代わりをお持ちしましょか?」

「いやいや、飲み足りないぐらいがちょうどいいんです。あとはお料理と一緒に日本酒を愉しませていただきます」

たしかにそうやと思います。

わたしもビールは最初のひと口、ふた口でええほうです。喉が渇《かわ》いてるさかいて言うて、ぐいぐい飲んでると、すぐにお腹が大きいなってしもて、お食事が美味しい食べられへんことがようあります。

「どうぞごゆっくりなさってください。ご用がありましたらそちらのベルを鳴らしてもろたら、すぐにまいります」

「よろしく頼みますよ」

加地さんは、ほんのり頰《ほお》を紅《あか》く染めてはります。

どうやら、今日のおひとりさまふた組は、好きに愉しまはるタイプやと思いますんで、あんまり顔を出さへんようにします。

仲居もよう気が利く子を付けてますさかい、大丈夫やと思います。隣どうしのお部屋にしたんも、ひとりでふた組さんをしっかりお世話できるようにと思うてのことです。

板場《いたば》にも要点だけ伝えといて、あとのことは仲居にまかせることにしました。

『泉川食堂』へ向かいます。

お祭りの席への仕出しが明日はようけ入ってます。お昼の仕出しですさかい、今ごろは仕込みでてんてこ舞いしてるはずです。ちょっと陣中見舞いに行くことにしたんです。

母屋《おもや》の『紖ノ森山荘』はしっぽりと落ち着いてましたけど、『泉川食堂』のほうは戦争みたいな状況です。ざっと見たとこ、十人ほどのスタッフが右往左往して、萩原《はぎわら》が大きい声で指示を出してます。

「ご苦労さんやなぁ。久しぶりの大口注文やさかい、あんじょう気張《きば》っておくれやすな。上等のアイスクリームを冷凍庫に入れときますし、手が空《す》いたひとから順番に食べとぉくれやす」

「ありがとうございます」

厨房《ちゅうぼう》に入ってハッパをかけました。

萩原の声に合わせて、みんな帽子を取って挨拶してくれます。活気があるのはよろしいな。みんな食堂仕事に慣れてきたんか、板場の雰囲気もええ感じになってきました。

「加地さんはどうです？　機嫌よう食事してくれてはりますか」

金串に刺した鱧に塩を打ちながら、萩原が傍《そば》に寄ってきました。

「知ってたんかいな」

「当たり前ですやん。こっちの仕事しとっても、ちゃんと母屋のほうの予約状況はチェックしてます」

「さすが怠りないなぁ。頼もしいことや」

「いつ声が掛かっても、すぐに母屋のほうへ戻れるように、心の準備だけはしてます」

萩原の目がきらりと光ってます。

「二年前に奥さんとお越しになったときの記録を見たんやけど、ご夫婦でようけ飲んで、しっかり食べてはったみたいやね」

「そこですねん、ぼくが案じてるのは。奥さんはどないしはったんやろ。ご挨拶させてもろたときも、奥さんからえらいお褒めの言葉をちょうだいして、仲のええおしどり夫婦やな、と思うたんを思いだします」

「わたしも気にはなってるんやけど、こっちから訊くのも失礼なことやし」

「なにか分かったら教えてください」

そう言うて萩原は持ち場へ戻っていきました。

長居しても仕事の邪魔《じゃま》になるだけやし、いったん家に戻ろうと思うて、自宅に戻る道筋で携帯が着信を知らせてきました。仲居からです。

加地さんが呼んではるていうことなんで、すぐに母屋へ戻りました。

こういうときは、たいてい悪いほうへ考えがいきます。なにかトラブルが起こったんやろか。いろいろ頭を巡らせます。

一番多いのは料理への苦情です。美味しいとかまずいとかの主観的なことやったらまだましなんですけど、髪の毛が入ってたやとか、魚の骨が刺さったとか、が一番厄介です。

仲居が粗相《そそう》したとかもときどきあります。口の利《き》き方が悪い、とか、行儀が悪い、とか。

ふだんからそのへんは、よう躾《しつ》けてるつもりですけど、忙しいてバタバタしてるときは、ちょこっと手を抜いたりすることも、絶対ないとは言えません。しっかり目を光らせてるつもりでも、完璧に接客できてるかどうか、て言われたら、なかなか胸を張るとこまではいきません。

どっちの苦情やろか、胸をどきどきさせながら母屋の階段を駆け上がって、息を整えてから〈桐壺〉のお部屋に入りました。

「遅ぅなりました」

「お忙しいときだろうと分かっていたのですが、どうしてもお伝えしたいことがありましてね」

加地さんがおしぼりで口のまわりを拭ってはります。

焼髏のお皿が空《から》になってるていうことは、お料理はもう終盤に差し掛かってるとこです。ざっと見まわしたとこ、特にトラブルになってるようには見受けられません。

「二年前に伺ったときも、とても美味しくいただきましたが、今夜もあのときに負けず劣らず美味しい料理をいただいて、大変満足しています。家内が食べたらどんなに喜んだだろうかと思うと」

加地さんの目に涙がたまってます。

やっぱりそうやったんか。悪い予感が当たったようです。

「ありがとうございます。ご一緒にお越しいただけなくて残念です」

「実はあのあと、ひと月も経たないうちに、あっちへ行ってしまいましてね。ようやく三回忌を済ませたので、思い出深いこちらへ伺った次第です」

「そうでしたか。お寂しいことですね」

それぐらいしかお声を掛けられへんのも、もどかしいことです。

「それでね、お忙しいだろうから、今すぐでなくてもいいのですが、帰るまでにひと目料理長さんにお会いして、お礼を申し上げたいと思いましてね」

「ありがとうございます。申し伝えまして、かならずご挨拶に伺わせていただきます。しばらくお時間をいただければありがたく存じます」

　ホッとした、なんていう言葉では足りません。不安が大きな喜びに変わりました。

「女将《おかみ》さんまでお呼びたてしてすみませんでしたね。こういうことを仲居さんにお願いするのも失礼かと思いましたので」

「お気遣いいただいてありがとうございます。前の料理長も加地さまのことを気に掛けておりましたので、よろしければふたり揃ってご挨拶に来させますが」

「え？　前の、と言いますと、このお料理をお作りになったのは、あのときの料理長さんではないのですか？」

「はい。今年から岩田《いわた》という者に変わりまして、前の料理長の萩原は、手前どもの別館と言いますか、『泉川食堂』という店の料理を担当いたしております」

「そうでしたか。わたしはてっきり、あのときの板長《いたちょう》さんがお作りになったものとばかり思いこんでおりました。そうでしたか……」

　加地さんには意外な話やったみたいで、ちょっと落胆してはるみたいです。そのわけをお訊きしてもええんやろか。新米主人はちょっと迷うてます。

「実は二年前にお伺いしたとき、すでに家内は余命を宣告されておりましてね。たぶんこれが最後の京都になるだろうと、ふたりで覚悟を決めて参ったのです」

加地さんは穏やかな表情で、しずかに語ってはります。

「そうやったんですか。ちっとも存じあげなくて」

哀《かな》しいですけど、そう言うしかありません。

「もちろん期待はしておったのですが、これほどまで美味しい料理が出てくるとは思いませんでした。家内も大喜びでお酒をたくさんいただきまして、珍しく少し酔っておりました」

加地さんがぐい呑《の》みをかたむけはりました。

片口《かたくち》には少ししかお酒が残っていません。

「もう少しお持ちしましょか?」

「お願いします。おなじので」

片口から注いで、すぐに仲居を呼びました。

「奥さまもまだお若かったでしょうに」

なかなか言葉が見つかりません。

「余命を宣告されてから一年以上が経っていましたから、ありがたいことだと思っていました。それでもやっぱり」

加地さんが白いハンカチでまぶたを押さえてはります。ほんまに辛いやろと思います。わたしも父を亡くして、三回忌を迎えたころが一番哀しかったように思います。

「もうこれで思い残すことはなにもない。家内は心底満足したのでしょうね。料理長さんにお礼が言いたいと言って、部屋までお越しいただいたのです。酔っぱらっていたせいもあって、家内は礼を述べるとともに、余命の話までしてしましてね、ご迷惑になるからと止めたのですが」

「そんなことがあったんですか……」

ちっとも知りませんでした。そのとき萩原はどんな思いで聞いていたんでしょう。わたしやったらどんな言葉をお返しするやろ。

「まだ若い料理長さんだったので、少し驚きましたが、笑顔で家内を励ましてくださいまして、冗談まで言って場を和ませてくださったので、ほんとうにありがたかったです」

片口に残ってたお酒を注いだとこへ、仲居がお代わりを持ってきました。ええタイミングです。

「悪い冗談と違《ちご》うたらええんですけど」

ちょっと心配になりました。

「そんなこととはつゆ知らず、忙しかったので手抜き料理を出してしまいました、お詫びにご招待しますから、来年もおなじ時季に鱧を食べに来てくれ、二倍美味しい料理を出すから、とおっしゃっていただいて、ふたりで感激したんです。家内もそれを聞いて、もしもそれが叶ったら二倍の料金を払う、なんて冗談を返していました。ほんとうにいい思い出になりました」

加地さんの頬をひと筋の涙が伝いました。

あの武骨な萩原が、よう言うてくれた、とわたしも胸が熱ぅなりました。

「店の主人の立場として、こんなことお訊ねするのもおかしいかもしれませんけど、二年前と比べて、今日の料理はいかがでした？」

遠慮がちにやけど訊いてしまいました。

「てっきりおなじ料理長さんだと思っていたので、ちゃんと約束を果たしていただいたのだなと思って、感激しました」

「なによりのお言葉、ありがとうございます。ふたりに申し伝えます」

岩田さんはともかく、萩原がどう受けとめるか、複雑な心境になるかもしれません。

「お待たせしました。強肴《しいざかな》をお持ちしました」

仲居が料理を運んできました。あんまり長居してはいけませんし、お隣の様子も気になるので、ちょっとのぞいてくることにします。

「どうぞごゆっくり召しあがってください。お食事が終わられるころに料理長がご挨拶に伺うと思います」

「どうもありがとう」

加地さんが腰を浮かさはりました。

薄い壁隔ててお隣のお部屋、ていうのはむかしながらの造りやからです。今やったらもっと分厚い壁で仕切るんでしょうけど、むかしはおおらかやったんですね。

プライバシーが保てへんて、苦情が出ることも少なくありませんけど、営業しながら改築するのは並大抵のことやおへん。費用も掛かりますし、しばらくはうまいこと使《つこ》うていかんとしょうがないと思うてます。

「失礼いたします。料理のほうはお口に合《お》うてるでしょうか」

〈葵〉に入って前室からお声を掛けました。

「ありがとうございます。とても美味しくて、ゆっくりといただいております」

木平さんはだいぶワインを召しあがらはったみたいで、お顔を紅《あこ》ぅ染めてはります。

「そない言うていただくと、ホッとします。ゆっくり召しあがってもらうのが一番です。木平さんは、京都へお帰りになった、ておっしゃってましたけど、京都にお住まいなんですか？」

「いえ、住まいは東京なのですが、生まれ育ったのが京都なものですから」

「そうやったんですか。お言葉が標準語やさかい、お生まれも東京かと思うてました。またこっちへお帰りになったら、お気軽にお立ち寄りください。主人の朱堂明美《あけみ》と申します」

名刺を差しだしました。

「ごていねいにありがとうございます。木平芳子《よしこ》と申します。いつも父がお世話になっております」

素早くご自分の名刺を出してきはるとこ見ると、ふつうのひとやないと思いますけど、父が、て言わはったのは聞き違いやろか。木平さんていうお名前を頭のなかで探してみたんですけど、心当たりはありません。ひとり言のような、お訊きしてるような、どっちとも付かんようにつぶやいてみました。

「木平さんのお父さま……」

「予約の電話のときに申しあげようか、迷ったのですが、大変失礼しました。父は華山芳夫《はなやまよしお》です。わたしは銀座店のマネージャーをいたしております」

腰が抜けるかと思うほど驚きました。

あの華山さんのお嬢さんやったやなんて。

あらためて名刺をよう見てみたら、たしかに『銀座華山チーフマネージャー』て肩書が書いてあります。うかつでした。

「こちらこそまったく存じあげずに大変失礼いたしました。お父さまにはひとかたならぬお世話になっております」

　畳に三つ指突いて頭を下げました。

「とんでもない。いつも父がご迷惑を掛けていると思います。あの尊大な態度は生まれもってのものだと、家族はあきらめておりますが、みなさんにはさぞやご不快の念を与えているかと、いつも心を痛めております」

「なにをおっしゃいますやら。京都の料理界のためにご尽力いただいて、いつも感謝しているのですよ」

　まさかお嬢さんがこんな下手《したて》に出はるとは思うてもいませんでしたので、ちょっとあわててます。

「そうおっしゃるしかありませんよね。ほんとうに申しわけありません。だからと言って、隠し立てしようと思っていたのではないのですが、お電話でつい言いそびれてしまったのは、そんなわけもあったかもしれません。華山の娘だと分かったら断られるんじゃないかと思ったのも事実です」

　父と娘て、こない違うもんやろかと、ただただビックリしてます。

「お断りやなんて、そんなことするわけがありません。大歓迎ですよ」

「ありがとうございます。少しは肩の荷がおりました」

木平さんはワイングラスをかたむけはりました。半分ほどグラスに白ワインが残ってますけど、何杯目なんやろ。

「華山さんにお嬢さんがおられるやなんて、まったく知りませんでした」

正直に言いました。

「高校を卒業してすぐに上京しましたので、みなさんご存じないでしょうね。ひとりっ子で兄弟もいませんから、お婿《むこ》さんをもらってわたしが跡を継ぐように言われていました」

「それやったら京都のお店にやはらんとあかんのと違うんですか？」

余計なこと言うてしもた。ちょっと後悔してます。

「お店を継ぐ覚悟はできても、ずっとあの父の傍にいることは耐えられない。そう思ったので、東京でお婿さんを見つけると言って京都を離れたのです」

「けっこう大胆なんですね」

思うたことをすぐ口にしてしまうのは困った性格です。よう父に叱られました。

「自分でもそう思います。女将さんもおなじなんじゃないですか」

ふたりで顔を見合わせて笑いました。

そう言うたら、わたしもお婿さんをもろて店を継いだんでした。

「木平さんていうのは、お婿さんの苗字なんですか？」

「はい。木平は『銀座華山』の料理長を二十年務めておりますが、近いうちに華山の家に入ることになっております。父はそのときに引退すると」

「なるほど。そしたら芳子さんは銀座店の料理長をしてはった木平さんと結婚されたということですね」

「正確に言うと、結婚したときはまだ木平は二番手でした。立派な料理長がおりましたので」

「なんとのう分かってきました。ひょっとすると華山さんは、芳子さんのために銀座店を作らはったんと違います？」

「はい。そうだと思います」

「やっぱりお父さんですね。かわいい娘に一軒持たさはった」

「そう思われるのがいやなので、わたしはあまり表に出ないようにして、木平もすぐに華山の養子に入らないようにしたんです」

「それで分からへんかったんですね。いろいろ納得です。ワインのお代わりお持ちしましょか?」

気が付いたら木平さんはほとんど空になったグラスを持ってはりました。

「お願いします。お料理もワインも美味しいし」

すぐに仲居を呼びました。

木平さんは上機嫌ですけど、ただお食事しに来はっただけやろか。それともなにか目的があってのことやろか。

「ようおひとりで晩ご飯を食べに行かはるんですか」

ちょっとジャブを打ってみました。

「勉強のためにときどき行きますが、一年に数回でしょうか。女将さんはどうですか?」

切りかえしてきはりました。

「ひとり晩ご飯を外で食べることはめったにありませんね。たいてい女子会か、主人と一緒か、お勉強に行くときはスタッフも連れていきます」

「こちらのお店は、おひとりさまが多いのですか。お隣は年輩の男性おひとりみたいですし」

「すみませんね。むかしの建物で壁が薄いさかい、お隣の声が筒《つつ》抜けでしょ」

「奥さまを亡くされておひとりで思い出を辿《たど》るなんて、とても素敵なお話ですね。いいお客さまが付いてらっしゃるんだなぁと。いえ、聞き耳を立ててたわけじゃないんですよ。こちらもひとりで、しんとしずかなものですから、つい聞き入ってしまいました。品のないことで申しわけありません」

おひとりさまと違《ちご》うたら、おしゃべりしてはるので、それほどではないんですけど、やっぱりおひとりさまでしたら、手に取るように聞こえるんですやろね。お恥ずかしいことです。今後の課題やと思うて、なにか改善策を考えることにします。

「遅くなりました」

仲居がグラスワインを持ってきました。このへんが潮時ですやろ。

「どうぞごゆっくりなさってください。なにかご用があればいつでもお申し付けください」

「ありがとうございます。今すぐでなくてもいいのですが、こちらの料理長さんと少しお話しさせていただいても、よろしいでしょうか」

「もちろんです。時間をみはからってこちらへご挨拶に伺うよう言っておきます。正直なご感想を伝えてもろたらうれしおす」

「とんでもない。うちの板長も勉強に来させていただかないと、と思っています」

「あんまり褒めたら調子に乗りますさかい、厳しめに言うといてくださいね」

おひとりさまでのうても、ようあることです。

板長に直接感想を述べてもらうのは、なによりありがたいことやと思うてます。ええことばっかりと違うて、あれがあかんかった、とか、これは美味しいなかったとか、そういう悪いことも率直に言うていただくと、板長も大いに参考になるて言うてます。

最近の傾向ですやろか。その場ではべた褒めしといて、あとからSNSやとか、口コミサイトで酷評しはることも、ようあるみたいですけど、それに比べたら、その場で直接板長に苦言を呈してくれはるほうが、よっぽどありがたいです。

同業者やさかい、多少の遠慮はあるかもしれませんけど、忌憚《きたん》のない感想を伝えてもらえたらうれしいところです。

木平さんが華山さんのお嬢さんで、『銀座華山』のマネージャーをしてはるていうこと。やっぱりふたりには事前に言うといたほうがええやろと思います。万にひとつも失礼があったらいけませんしね。

萩原にはＬＩＮＥで伝えて、岩田さんには直接お伝えすることにしました。

板場をのぞくと、岩田さんと二番手の子とふたりだけで仕事をしてます。

「ご苦労さん。ふたりで大変やね。おかげさんでお客さんもえらい喜んでくれてはります。お礼を言いたいて言うてくれてはるので、手が空いたら板長、お部屋のほうへご挨拶に伺《うかご》うてください」

「ありがとうございます。鱧飯を出し終えたら折を見て伺います」

「〈桐壺〉のお客さん、加地さんは二年前に奥さんを亡くしてはります。亡くなる前に奥さんが萩原の料理にえらい感動しはって、その思い出を辿ってお越しになったていうことです」

「そうでしたか。わたしの料理でご満足いただけたかどうか」

「大丈夫です。前にも増して美味しかったて言うてはりますし。〈葵〉のほうはちょっとびっくりですよ。木平さんていうんやけど、あの華山さんのお嬢さんで、『銀座華山』のマネージャーをされてるんやそうです」

岩田さんに名刺を見せました。

「そうですか。同業の方でしたか。だからどうだということでもありませんがね」

ちらっと見ただけで、岩田さんはあんまり関心がなさそうです。

「おっしゃるとおりです。ご無礼のないようにだけ、気を付けてくださいね」

ちょっと寂しい板場を出て、いったん自宅に戻ります。忙しいことです。

九代目を継いで最初のころは、こないして店と自宅を行ったり来たりするだけで、どっと疲れが出ましたけど、このごろはこれぐらいやないと物足りんようになりました。

お客さんが少のうて自宅に籠《こも》ってると、なんや落ち着かへんのですわ。最近は忙しいないと逆に疲れるようになってきました。ようやく主人業が板についてきたんかなぁ、と自分で思うてます。

帳簿に目をとおして、お茶を一、二杯飲んだとこへ仲居から連絡が入りました。

〈桐壺〉の加地さんがお帰りになるということで、急いでお見送りに母屋へ向かいました。

ちょっと油断してたかもしれません。もう玄関先にはお伴のタクシーが待機してて、加地さんは岩田さんと談笑してはります。

「今日はどうもありがとうございました。どうぞまたお越しになってくださいませ」

「こちらこそです。いい冥土《めいど》の土産になりました。向こうで家内に報告しなければ、と料理長さんに申しあげていたところです」

「加地さん」

下駄《げた》を鳴らして駆けつけた萩原が声をあげました。

「これはこれは。その節はほんとうにお世話になりました。新天地でお仕事をなさっていると聞きました。どうぞ頑張ってください」

加地さんが両手でこぶしを包みこむと、萩原は目を潤ませています。

「奥さん……残念なことでした。もう一度食べていただきたかったです」

「願いは叶いませんでしたが、きっと家内も今夜のことは喜んでくれていると思います。どうぞお元気でご活躍ください。こちらの料理長と二人三脚なら、鬼に金棒ですな」

加地さんが岩田さんとも握手してはります。

「ぜひまたお越しください。食堂のほうでもお待ちしております」

真っ赤な目を萩原が加地さんに向けました。

「じゃ、みなさんお元気で」

加地さんがタクシーに乗り込まはりました。

タクシーの赤いテールランプが見えんようになるまでお見送りします。

毎日のように繰り返してても、この瞬間はやっぱりじーんときます。またお会いできるやろか、と思いますけど、一期一会ていう言葉も頭に浮かびます。

「わたしは〈葵〉に伺ってきます」

岩田さんがきびすを返さはりました。

「ぼくも戻ります。まだまだようけ仕事が残ってるので」

萩原も下駄を鳴らして食堂へ戻っていきました。

「わたしも食堂へ行ってきます。明日の朝一番で宅配の荷物出さんならんので」

仲居が萩原のあとを追います。

みんな忙しいなかよう働いてくれるのは、ほんまにありがたいことです。わたしも〈桐壺〉の後片付けでもしますわ。

効率ばっかり求めてると、もてなしが手薄になってしまう恐れがあるんですけど、こういう時代やさかい、できるだけ少人数のスタッフで対応せんなりません。

主人やさかいというて、腕組みして見物してたら士気も上がりません。率先して掃除やとか片付けの下働きせんと。

お隣の〈葵〉にはまだ木平さんがやはるさかい、大きい音を立てて掃除するわけにはいきません。

そうろと器を下げて、テーブルを拭いたりしてると、木平さんと岩田さんの会話が耳に入ってきます。

いややわぁ、こんなにはっきり聞こえるんや。これは早急《さっきゅう》になんとかせんと。木平さんが言うてはったとおり、聞き耳を立てんでも、自然と会話が聞こえてきます。

「ずいぶんとご無沙汰《ぶさた》しております。芳子です。覚えておいででしょうか」

え？　ご無沙汰て、木平さんは岩田さんと知り合いやった？　誰かと勘違いしてはるんと違うやろか。

「芳子さん……。あいにく覚えがありません。どなたかと間違えておられるのではありませんか」

そうそう。木平さんの勘違いやと思いますえ。気になるもんやさかい、行儀が悪いのは承知の上で壁に耳を近づけてしもうてます。誰かに見られたらえらいことです。

「父が録音しておいたラジオの中継を聴いてびっくりしました。堤《つつみ》さんのお声だと」

「聴いていただいたんですか。お恥ずかしいことで。しかしわたしは岩田六郎《ろくろう》と言います。堤という名前ではありません」

どうやら岩田さんは名刺を渡してはるようです。

「ええ。岩田さんというお名前はラジオでも聴きました。でも、堤さんなんでしょ。声だけでなく、お顔も拝見してやっぱりと思いました。二十年経ってもお顔はそんなに変わりません」

堤さん？　それて、もしかして。嘘やろ。思わず声を上げてしまいそうになりました。

岩田さんが持ってきはった履歴書の住所を調べてみたら、堤さんていうひとが住んでた、て宜さんが言うてたことを思いだしました。

まさか、ていう思いと、ひょっとしたら、が、ごっちゃになって頭のなかが混乱してます。

「困りましたね。木平さまはどうしても、わたしを堤というひとだと思いこんでおられるようですが、わたしは今日初めてお目に掛かりますし、何度も申しあげているように、堤ではなく岩田です」

どういうことなんやろ。岩田さんは記憶をなくしてはるから、覚えてはらへんだけで、二十年前にどっかで会《お》うてはったんやろか。とうとう壁に耳を当ててしまいました。

「秋山《あきやま》さんから料理対決のときに出された鱧料理のことを聞きました。さっきいただいたお料理です。とうとうそのときが来たのかと、父は驚くやら、おびえるやら。今夜はそれをたしかめにまいりましたが、やっぱりあのときの……」

「なんのことやら、さっぱりわたしには分かりませんが、今夜のお料理はお気に召しませんでしたか」

「とんでもありません。さすがは本家本元だと感激しました」

「それを聞いて安心しました。またお越しください。まだ仕事が残っておりますので、わたしはこれで失礼いたします」

やっぱりひと違いやったみたいです。

「お忙しいのは重々承知しておりますが、最後にこれだけは言わせてください。堤さん、ほんとうに申しわけありませんでした。あなたが研究に研究を重ねて編《あ》みだされた、鱧の骨抜きの技を父の手柄としてお譲りいただいたこと、父に代わって心よりお礼申し上げます」

「ですから、何度も申し上げているように、わたしは堤ではなく……」

「重ね重ね失礼しました。岩田さんでしたよね。それではもし堤さんにお会いになったらお伝えください。身勝手な父が堤さんのお手柄を横取りしておきながら、しばらく身を隠して欲しいなどと理不尽なことを申し上げ、黙ってそれにしたがってくださったことに、わたしはずっと恩義を感じておりました。これからも一生十字架を背負っていく覚悟でおります。でも、わたしにとっては、たったひとりのだいじな父です。父もきっとあのときのことは悔いていると思います。勝手な言い草にすぎませんが、どうぞ許してやってください」

この何年かのあいだで、こんな驚いたことはありません。洟《はな》をすすりあげるのが聞こえます。木平さんは泣いてはるんやと思います。

岩田さんはどう反応しはるんやろ。こうなったら恥も外聞もありません。一言一句聞き逃がさんように耳をそばだてます。

「わたしは、その堤さんという方も存じあげませんので、残念ながらお伝えはできません。どんな経緯があったのかも分からずに申し上げるのもなんですが、料理というものはひとり板前だけのものではありません。お客さまにお出しした料理はすべてそのお店のものです。手柄を横取りだとか、そんなことではありませんので、お父さんのなさったことはなにも間違っていません。きっと堤さんとおっしゃる方は、分をわきまえておられたのでしょう。板前風情が生意気なことをお客さまに申し上げましたこと、どうぞお許しください」

「ほんとうにありがとうございます。岩田さんのお言葉をしっかり胸に抱いて、精進してまいります」

岩田さんは〈葵〉を出ていかはったようです。追いかけていって、話を聞こうかと思うたんですけど、きっと木平さんに言うてはったことを繰り返さはるだけやろうと思うて、やめときました。

ていうか、隣の部屋で盗み聞きしてたことが恥ずかしいさかい、〈桐壺〉から出んようにしました。

今すぐ〈葵〉に行っても、余計なことを言うてしまいそうやし、それもやめときました。

ほんまはどうやったんやろ。分からんまま、もやもやした気持ちだけが胸につかえてます。

堤ていう苗字もぴったりやし、木平さんが言うてはったとおりなんやろと思うてますけど、それをたしかめる術《すべ》はありません。

やっぱり岩田さんのほんまの名前は堤やったんやろか。なんで名前を変えはったんやろ。それとも、まったくのひと違いやろか。いや、そんな偶然は、万にひとつもないはずや。

どうにも悩ましい話ですけど、どう考えても明らかになることはありません。白黒はっきりさせたいんですけど、もどかしい限りです。

こないして、あいまいなまま済ますのが京都の流儀なんや。父がようそう言うてたことを思いだしました。

## 2

忘れられへんあの夏の夜は、ついこないだやったような気がしますけど、あれからもう三か月近《ちこ》ぅが経ちました。

岩田さんはいつもどおりに、淡々と仕事をしてはりますし、なんにも変わってません。

あの日はひと晩中寝られへんほど、衝撃的やった話も、日にちが経つにつれて、なんや夢やったような気もしてきてます。

よう考えてみたら、腑《ふ》に落ちひんことがようけありますし、つじつまが合わへんように思うことも少のうありません。

ひょっとしたら、ほんまにわたしが夢見てたんかもしれん。そう思うて予約表を見てみたら、ちゃんと木平さんの名前が書いてありますし、うちに来はったことは事実です。

名刺もなんべんも見ました。木平芳子さんは『銀座華山』のチーフマネージャーで間違いありません。

お店のホームページ見ても、木平さんの顔写真が載ってますし、まぎれもない本人です。

もしわたしが夢を見てたんやとしたら、〈桐壺〉から壁越しに聞いてた、あの会話のとこだけですやろ。

子どもやないんやし、なんぼなんでも、寝てるあいだやのうて、起きてるときにそんな夢を見るはずがない。

そう確信してるんですけど、心の片隅では、ほんのちょびっとだけ疑《うたご》うてます。妄想やったんと違うやろか。

それはそうと、このところ秋晴れの日が続いているせいか、母屋の『糺ノ森山荘』も『泉川食堂』も、どっちもよう繁盛してます。ありがたいことですけど、いつまでこれが続くことやら。料亭主人としては心配のタネは尽きません。

そんな秋も深まったある日のことです。

ちょっとした諍《いさか》いが起こりました。


「料亭と食堂は共存せんとあきませんでしょ。持ち帰りの弁当はこっちやて決まってますやんか。なんで料亭がこっちの邪魔をしはるんですか」

興奮した口調で、萩原がわたしに直談判してきました。

『糺ノ森山荘』の常連客のお客さんのリクエストで、お持ち帰り用の松花堂《しょうかどう》弁当をお作りしたら、えらいお喜びになって、それに気をようした岩田さんが、一般のお客さんに向けて売りだそうとしたんです。

これに猛反発したのが萩原です。

もともとお弁当は『糺ノ森山荘』で作ってたんを、四条《しじょう》の『ショップタダス』というテークアウト専門のお店やとか、デパ地下で売ってたもんです。

それを引き継ぎ『泉川食堂』だけで販売するようになったという経緯がありますさかい、萩原の言うこともようよう理解できます。『泉川食堂』の売り上げにも大きく寄与してますし。

けど、岩田さんの言い分ももっともですねん。

「以前は『糺ノ森山荘』らしい高級なお弁当も売ってらしたと聞いております。お客さまによっては、今『泉川食堂』で販売している廉価《れんか》なものでは満足されない方もおられます。そういう方向けの高額なお弁当に限定して販売しようと思っておりますので、あちらとは競合しないでしょう」

たしかにそのとおりなんです。

以前の『ショップタダス』でも五千円やとか、八千円のお弁当も着実に売れてましたし、あのお弁当をまた食べたい、というお声も聞くことがあります。

ただ、『泉川食堂』を作ったときに、二軒の棲《す》み分けをせんならんさかい、料亭のほうではお持ち帰り用のお弁当は作らへん、と決めた経緯もあります。

どうしたもんやろ、と旬《しゅん》さんに相談したんですけど、訊くだけ無駄でした。答えはいつものとおり。

「きみの好きにすればいいよ」

しょうがないさかい、宜《のり》さんに訊いてみたら、おもしろいことを提案してきたんです。

「どっちの言い分ももっともですな。わしも岩田はんとおんなじで、競合はせんと思いますけど、あくまで推測ですさかいな。ひょっとして食い合いになったら困ります。そや、九代目。料理対決で決めたらどないです？　ふたりにお弁当を作らして、岩田はんが勝ったら『糺ノ森山荘』でも販売する。萩原が勝ったら、これまでどおり『泉川食堂』だけにする。これやったら、ふたりとも納得しますやろ」

「さすが宜さん。そうしましょ。たしかにそれやったらふたりとも文句は言えへんし、場合によったら、『泉川食堂』でも前みたいな高級版を作って売ってもええしね。さっそくふたりに伝えてくれはりますか」

「承知しました。審査員の先生にも都合を訊いて日にちの段どりしますわ」

宜さんも張り切ってます。

こないして四回目の料理対決のテーマは〈もみじ弁当〉ということになりました。

なんで〈もみじ〉かて言うたら、『糺ノ森山荘』でお弁当を作って売ってたときの、最大のヒット商品やったからです。

松花堂スタイルのお弁当で、折箱《おりばこ》も上等なもんを使うて、掛け紙の上から水引で結んで、その上にもみじの葉を散らしたんですけど、毎日朝一番に売り切れるぐらいの人気ぶりでした。それを再現しようというわけです。

きっとまた、

――きみの好きにすればいいよ――

そう言わはるのに決まってると思うたんですけど、審査員もしてもらわんならんさかい、晩ご飯を食べたあとに、いちおう意見を訊いてみることにしました。

「〈もみじ弁当〉対決かぁ。アイデアとしておもしろいけど、審査がしにくいんじゃないかな。お弁当って要素が多すぎて、焦点を定めて審査することがむずかしいよ。たとえばご飯をどうするか、ということだけでも無数の選択肢があるじゃないか。お寿司にする手もあるし、かやくご飯でもいいし、白いご飯を物相《もっそう》で抜くのもいい。あるいはそれらを組み合わせた弁当もありだよね。おかずにいたっては、それこそ無数の取り合わせがある。優劣っていうより審査員の好き嫌いで勝ち負けを決めることになる可能性があると思うんだ」

旬さんにしてはめずらしく、すんなり賛成してくれはりません。

「そう言われたらそんな気もしてきたなぁ。けど、ふたりにはもうそのことを伝えて、了解してくれたし、今さらやめるのも混乱するんと違いますやろか」

旬さんに言われるまで気づきませんでしたけど、たしかに言わはるとおりです。

お弁当ていろんなもんの取り合わせやさかい、いろんな組み合わせができます。ふたつのお弁当を前にしたら、どっちが好きか、で選んでしまうやろと思います。

せっかくこれでうまいこといくやろと思うてたのに、ちょっと困ったことになりました。

「お弁当対決をやめる必要はないよ」

ときどき旬さんはこんな禅問答みたいな物言いをしはります。今の今、審査がむずかしいさかいに、あかんて言うてはったのに、やめんでもええ、て。どういうことやろ。ちょこっと不機嫌になってしまいます。

気を取りなおして、お番茶を淹《い》れます。

「あかん、て言うたり、やめんでもええ、て言うたり、どっちが本音《ほんね》なんです？」

ちょっと言葉に棘《とげ》があるやろか。

「あのときの〈もみじ弁当〉を思いだしてごらん。なぜあの弁当が人気を呼んだか。きみも憶えてるだろ？」

そう訊かれてもすぐには思いだせません。なにせあのころは、名ばかりの女将で、外商やていうて出歩いてばっかりでしたので、正直なとこ、お弁当の中身まではあんまり憶えてへんのです。

「美味しいもんがびっしり詰まってたさかいですやろ」

苦しまぎれに適当に答えました。

「それはどのお弁当だっておなじだよ。ぼくははっきり憶えているんだけど、あの〈もみじ弁当〉のなかで、飛び切りって言えるおかずがふたつあったんだよ」

「ふたつ……ですか」

おぼろげな記憶をたどって、あれやこれや思い浮かべてみました。

ご飯はたしか物相で抜いた白ご飯と、鯖《さば》の小袖寿司《こそでずし》、それと、きのこのおこわやったような気がします。

おかずは焼魚と出汁《だし》巻き玉子と、お野菜の煮物、焼き松茸《まつたけ》、あとはなにやったかな。そうそうローストビーフも入ってたわ。あとは生麩《なまふ》の田楽《でんがく》、鶏のつくね、貝柱の天ぷら、ぐらいやったような。けっこう憶えてるもんですけど、そのなかで、どれとどれが飛び切りやったか、は言い切れません。

「まぁ、うちの〈もみじ弁当〉に限ったことではないんだけど、京都のお弁当でもっともたいせつなのは、出汁巻き玉子と焼魚なんじゃないかな」

「そうや。たしかにそうです」

すぐに反応しました。父もようそう言うてたことを、今やっと思いだしました。

――出来たての料理と違うて、弁当っちゅうもんは冷めても美味しい、いや、冷めたほうが美味しいもんやないとあかん。その代表が焼魚と出汁巻きや。極端に言うたら、このふたつさえ旨《うま》かったら、ほかのもんはちょっとぐらい出来が悪うても、なんとかなる。それぐらい、弁当にとってこの二品は特別だいじなんや――


何回もその話を聞いたような気がするのに、すっかりそれを忘れてしもうてました。

「〈もみじ弁当〉全体と違うて、そのなかに必ず入れる焼魚と出汁巻き玉子の二品だけで対決したらええ。旬さんはそう思うてはるんですね」

そう言うと、旬さんはにっこり笑《わろ》うてうなずいてはります。

なるほどなぁ。やっぱり八代目やっただけのことはあります。

料亭の主人業は、写真仕事の片手間やったみたいに見えてましたけど、ちゃんと押さえるべきとこは押さえてはったんや。

ちょっと感動しました。

「出汁巻き玉子と、焼魚って、コンビニの弁当にも入っているし、特別なものじゃない。ものすごくまずい、ってこともない代わりに、飛び切り旨いってものもめったにない。だけど、これほど味に差が出るものもほかにないような気がする。だからその二品が格別旨かった、あの〈もみじ弁当〉が大人気になったんだと思うよ」

言われてほんまにそのとおりやと、納得するしかありません。

「分かりました。その二品での対決にする、てあらためてふたりに伝えます」

「勝ち負け以上に、ふたりがどんな焼魚と出汁巻き玉子を作るか、今から愉しみだね」

ということで、話は決まりました。

旬さんと一緒で、ふたりがどんなんを出してくるのか、愉しみやて言うたら愉しみなんですけど、勝ち負けを決められるほどの違いが出るんやろか。そこがちょっと心配です。焼魚やったら、魚の種類やとか味付けを変えることで、その差がはっきり出ると思いますけど、出汁巻き玉子はそない変わりません。それだけに、微妙な差をちゃんと味わい分けて、優劣を決めんなりません。その違いがわたしに分かるやろか。外部のふたりの審査員はともかく、宜さんや悦子《えつこ》さんはどうやろ。そんな不安を抱えながら、対決の当日を迎えました。

これまでの対決は、それぞれの仕入れ先を使うことにしてましたけど、今回は自由に食材を仕入れてええことにしました。

対決に出した料理をそのままお店で出す、ていうこともしません。岩田さんも萩原も、〈もみじ弁当〉に入れるんやったら、これが最高や、と思う焼魚と出汁巻き玉子を作ることになってます。

食材も料理法も自由。ただひとつの決まりごとは、焼魚と出汁巻き玉子、と呼べる料理を作るということだけです。

外部審査員のおふたりもお見えになって、いよいよ対決がはじまるんですけど、これまでの回に比べると、板場のふたりのまわりががらんとしてます。

食材も道具立てもシンプルやさかい、なんとのう寂しい眺めです。

萩原は白、岩田さんは赤玉の卵を使わはるようです。出汁巻き玉子専用の銅鍋をふたりともよう手入れしてるのが分かります。

調味料やら巻き簾《す》やらも一見したとこでは、あんまり違うようには見えません。

焼魚に金串を打ってるとこ見たら、萩原はサワラ、岩田さんは銀ダラみたいです。萩原は幽庵《ゆうあん》焼きで、岩田さんは西京《さいきょう》焼き、ていうのはちょっと意外でした。西京焼きは京都の料理人が好む料理法ですし、幽庵焼きはどっちかて言うたら、関東で人気がありますし、逆やないかと予想してたんです。

どっちもタレに漬けこんでおくんですけど、幽庵焼きはせいぜい一時間ぐらいやし、西京焼きは最低でも一日、ときによっては四、五日漬けときますさかい、その時間によって味わいが大きく違うてきます。

言うたら、焼く前からその味は決まってるようなもんですさかい、半ば勝負は付いてるみたいなもんなんやろと思います。

出汁巻き玉子のほうは、ふたりともおんなじように見えます。出汁の割合やとか、調味料の違いはあるんでしょうけど、まぁまぁおんなじような味になるんと違うかしらん。

ふた品とも、そない変わった調理法があるわけやないんで、派手な動きはありません。ふたりとも淡々と調理を進め、あっという間に出来上がりました。ええ匂いが漂うてます。

六人の審査員の前に、ふた皿ずつ料理が運ばれてきました。

「ぼくのほうからひとつ提案があるのですが、よろしいでしょうか」

旬さんがいきなり立ちあがらはったので、みんなびっくりしてます。もちろんわたしも、なにを言いだすのか分からへんので、どきっとしました。

「事前にお知らせしましたように、このふた品は『糺ノ森山荘』で人気を博した〈もみじ弁当〉を復活させ、そこに詰める料理という前提に立って作った料理です。したがって出来たてを食べてしまったのでは、その優劣がよく分からないと思います。そこで、これをいったん屋外に置いておき、一時間ほど経った段階で試食していただこうと考えたのですがいかがでしょう。先ほど測りましたら、外気温は十五度でした。ここに〈もみじ弁当〉用に誂《あつら》えた折箱がありますので、ここに移し替え、ふたをして庭の床几《しょうぎ》に置いておく予定です」

「さすがですな。大賛成です」

僧休《そうきゅう》さんが拍手しはりました。

「そうしましょう」

秋山さんも同意してくれはったので、これで決まりです。結果は一時間後まで持ち越しになりました。

そして一時間後。六人の審査員があらためて席に着いて試食した結果、これまでになかった意外な結果になりました。

こんなこともあるんや。感慨深い結果については、またこの次にお話しさせてもらいます。

# 第五話

# 肉料理対決

1

一年が過ぎるのはあっという間のことで、もう師走《しわす》に入ってしまいました。

『下鴨《しもがも》神社』の紅葉《こうよう》も、まだまだきれいに色づいているおかげで、毎日忙しいさせてもろてます。

『糺《ただす》ノ森《もり》山荘』名物とも言える〈もみじ弁当〉はふた種類作って、『糺の森山荘』と『泉川《いずみかわ》食堂』の両方で売ってます。

なんでそうなったかて言うたら、料理対決が引き分けに終わったさかいです。

六人の審査員の採点は全員一致でした。

岩田《いわた》さんも萩原《はぎわら》のふたりともが五十四点という結果に終わったんです。もうひと品作って決戦投票をしたら？　と秋山《あきやま》さんが提案しはったんですけど、急なことやしそれもむずかしいので、引き分けということにしました。

あとからよう考えてみたら、審査は点数制やさかい、引き分けもあって当然なんですけど、まったく予想してませんでした。

その結果、みんなで話し合《お》うて、それぞれの店で〈もみじ弁当〉を別々に作って売ることになったわけです。

内容はそれぞれ違いますので、もちろん値段も違います。『泉川食堂』のほうは二千円とリーズナブルなお値段になってます。

『糺ノ森山荘』は七千円と、ちょっとお高めですけど、どっちかに偏るかなぁと思うてたんですけど、今のところ金額ベースではまったく互角。予想の二倍近い売り上げになって、板場《いたば》はうれしい悲鳴を上げてます。

たかが弁当。されど弁当。

〈もみじ弁当〉対決のおかげで、お弁当のなんたるかを、しっかりと胸に叩きこむことができて、ほんまによかったです。

焼魚と出汁《だし》巻き玉子のふた品の対決に絞ったことと、試食に一時間の間を置いたことが、大ヒットやったと振り返ってますけど、どっちも旬《しゅん》さんのお手柄やったことを思うにつけ、まだまだ八代目には及んでへんなぁと、ちょっとへこみます。

焼魚にしても出汁巻き玉子にしても、お弁当に入っているのを、当たり前のようにして深《ふこ》う考えることものう、さらっと食べてましたけど、今は違います。ちゃんと味おうて食べてますし、その作り方も意識するようになりました。ふたりの対決は引き分けやったんですけど、ふたつの料理でその差は歴然としました。ちょっと審査のときのことを振り返ってみましょか。


焼魚は岩田さんの圧勝で、出汁巻き玉子はその逆。萩原の完全勝利でした。六人全員がおんなじ点を付けたていうことに、ふたりの料理人は大きいショックを受けたみたいでした。

岩田さんの出汁巻き玉子も、萩原の焼魚も、どっちも全員からダメ出しされたみたいなもんですしね。

焼魚の差について、分かりやすう解説してくれはったんは僧休《そうきゅう》さんです。

「旬さんが一時間試食を遅らせるように提案されなかったら、逆の結果になっていたかもしれませんな。焼き立てを食べたら幽庵《ゆうあん》焼きのほうが美味《おい》しく感じていたでしょう。だが一時間置くことで、味の輪郭がぼやけてしまった。いっぽうで西京《さいきょう》焼きのほうは、時間が経つにつれて味がしっかりなじんできた。あくまでわたしの推測に過ぎませんが、岩田さんは弁当に詰めることを考慮して、少し長めに味噌床《みそどこ》に漬け込んでおかれたのではないですかな。五日ぐらい……では？」

僧休さんが上目遣いにのぞきこまはると、岩田さんはにんまりと笑顔を返さはりました。

「僧休さんのおっしゃるとおりです。少し身が厚かったからでもありますが、ふつうなら三日であげるところをまる五日漬け込みました。焼き時間も少し長めにして、皮目をしっかり焦《こ》がしたことで、冷めたときの生臭さもやわらいだと思っております」

岩田さんが補足しはったら、萩原は悔しそうな顔で舌打ちしました。

「完敗ですわ。そこは分かってたつもりやったんですが、高額弁当やていうことを意識しすぎて、味付けをいくらか控えめにしたのが失敗やったと思います。岩田さんの西京焼きを試食させてもろて、よう分かりました」

「そこで若さが出たんでしょう。食材だけでなく、思考も熟成させないとね」

　秋山さんもたまにはええこと言わはります。

「たしかに焼魚については、お弁当に詰める具材としては、という条件付きだとわたしのほうが美味しく出来上がったと思います。ただ、出汁巻き玉子については、正直なところ、どうにも納得がいかないのです。いや、不服を言ってるんじゃないですよ。萩原くんのを試食してみたら、明らかにわたしの負けです。冷めても美味しい、いや、冷めたほうが美味しいとまで思えるほど、美味しい出汁巻き玉子でした。それに比べるとわたしのほうは……」

　岩田さんが赤ん坊がイヤイヤするみたいに、首を左右に振ってはります。

「その答えは簡単だな。東と西の違いですよ」

　秋山さんが自信ありげに、小鼻を膨《ふく》らませて続けはりました。

「だいぶなじんでこられたとはいえ、岩田さんは東のほうの出身ですから、向こうの料理が染みついている。さすがに厚焼き玉子のように甘味を加えることはされなかったでしょうが、卵液の濾《こ》し方が弱かったんじゃないですか？　食べたときの食感が明らかに違った。萩原くんのは舌触りも滑らかで、見た目にもきめが細やかなのがよく分かる。いっぽうで岩田さんのそれは、ややぼってりとしていて、味にしまりがないように感じましたぞ」

なるほど、と思わんこともないんですけど、なんやちょっとずれてるようにも思います。岩田さんも納得してはらへんみたいで、なにか言いたげにしてはるんですが、うつむいたまま口をへの字に曲げてはります。

「秋山さんには失礼ですけど、そこはちょっと違うと思いますよ」

萩原が反論すると、岩田さんが意外そうな顔を上げはりました。

「なにが違うんだ」

秋山さんはムッとしてはります。

「仕事してるときは夢中やったんで、岩田さんがどんなふうにして作ってはったか見てませんでしたけど、試食させてもろた感じでは、卵液もきっちり濾せてるし、東っぽい味とは違う思いますよ」

萩原がそう言うと、岩田さんは大きく首を縦に振らはりました。

「秋山さんには、お言葉を返すようで申しわけありませんが、東の料理人のクセはとっくに消えていると思っております。萩原くんが言ってくれたとおり、卵液の濾し方は完ぺきだったと自負していますし、味付けについても、『糺ノ森山荘』の伝統にのっとったもので、甘くなり過ぎないよう、充分注意は払ったつもりです。しかしながら結果として、明らかに差が出てしまった。なぜそうなったのか、を知りたいのです」

岩田さんの言葉を聞いた秋山さんは、不機嫌そうな顔つきで黙りこくってはります。

「ひとつ訊いてもいいですか？」

萩原が岩田さんに顔を向けました。

「なんでしょう？」

「出汁巻き玉子を焼くときですけど、どんな感じでした？」

萩原が出汁巻き玉子を焼く鍋を指さしました。

「どんな、って、柄《え》を持って、こう卵液を流し込んで、箸でこう巻きながら……」

あっ。わたしでも気づきました。動きが逆です。

「つまり、奥のほうから手前へ巻いてはったんですね」

萩原がその動作を真似ました。

「そうですよ」

岩田さんはそれが当然やとばかりに、なんべんも動作を繰り返してはります。

「たぶん、その違いが出たんやと思います。ぼくは逆に巻きました。手前から奥へ向かって巻いていくんです」

心なしか、萩原が鼻を高《たこ》ぅしたように見えます。

「逆？　ほんとうですか？　大阪でもこうして焼いていると聞いたのですが」

岩田さんはまだ首をかしげてはります。

「大阪はそうですけど、京都では基本的に逆向きに巻いていきます。ひとによっては、ぼくの焼き方を京《きょう》巻き、岩田さんのを大阪巻きと呼ぶこともあります」

「わたしもうっかりして焼くとこを見てませんでしたが、たしかに萩原くんの言うとおりやと思いますわ。仕出し屋の出汁巻き玉子は京巻きに決まっとる。錦《にしき》市場《いちば》の出汁巻き屋はんでも、京巻きで焼いてますな」

僧休さんが付け加えはりました。

「うかつでした。そう言われれば、どこかでそんな話を聞いたことがあるような気がしてきました」

岩田さんが寂しそうな顔をしてはるのは、記憶をなくしてしまわはったことと、関係があるからかもしれません。

「義父は京巻きと大阪巻きを使い分けていたと聞きましたが」

旬さんも知ってはったのは意外でした。ほんまにしっかり八代目をやってはったんや、とまたまた感心してます。

「はい。店で出すときはたいてい大阪巻きで、持ち帰りのときだけ京巻きにするよう言われてました」

萩原が誇らしげに答えると、僧休さんが続けはります。

「焼き立てをすぐに食べるときは、ふんわり空気を含んだ大阪巻きのほうが旨《うま》いさかいな。けど、仕出しみたいに時間を置いて食べるときは、空気を含みやすい大阪巻きは傷《いた》むのも早い。その点、京巻きはかっちり巻いてるさかい、形も崩れにくうて傷みにくいんや」

僧休さんの言葉を聞いて、なるほどと納得です。

「手前から奥へ巻く京巻きは、巻いた卵自身の重さで巻きがしっかりするんですわ。出汁巻き用の鍋を傾けて押しだすほうが、引くよりも箸に力が入りやすいんです。どんなときでも、引くより押すほうが力が入りますでしょ。奥から手前へ巻く大阪巻きは、あんまり箸に力入れんと、ふわりと返すさかい、空気が入って口当たりがようなります」

鍋を動かす仕種《しぐさ》をしながら、萩原が解説してくれました。

蚊帳《かや》の外に置かれたように思うてはるのか、秋山さんはむすっとしてはります。

引き分けという意外な結果に終わったんですけど、そのおかげで二軒で〈もみじ弁当〉を売れるということになったんですさかい、世のなかておもしろいもんです。

2

〈もみじ弁当〉のおかげもあって、『糺ノ森山荘』も『泉川食堂』も、秋のあいだはけっこうな商《あきな》いをさせてもろてましたけど、さすがに師走も半ばとなると、お客さんの姿もまばらになります。

その代わりというのもなんですけど、おせち作りが佳境に入ってます。

『紀ノ森山荘』のほうは例年を超える数のご注文をいただいてますし、『泉川食堂』も初めてのお正月を迎えて、新商品を発売することになりました。

おせち料理ていうと、重箱に入った豪華なもん、ていうイメージがありますけど、それを打ち破って、お惣菜《そうざい》のパックみたいにして、買いやすうて食べやすい商品を売ることになったんです。

黒豆やとか数の子とかを、ひとり分ずつパック詰めして、それをケーキ屋さんみたいにきれいにディスプレイして売るんですけど、ホームページで宣伝したら、えらいようけの予約をいただいてびっくりしてます。

〈もみじ弁当〉もそうでしたけど、『紀の森山荘』のおせち料理とバッティングせえへんのがありがたいです。まだ一年も経ってへんのに、ちゃんと棲《す》み分けができてるんです。

岩田さんにとっては、初めて京都でおせちを作ることになるさかい、ずっと緊張してはります。

ずっとおせちを作り続けてきた萩原は、先輩づらしてうれしそうに、岩田さんにレクチャーしてます。

「にいさん、棒鱈《ぼうだら》はもうちょっとしっかり戻さんと、味が染み込みませんで」

このごろ萩原は岩田さんを、にいさんと呼んでるみたいです。

「棒鱈なんてこれまで見たこともなかったから。悪いけどこの処理は次郎《じろう》ちゃんにまかせるよ」

岩田さんは萩原のことを次郎ちゃんて呼んではります。

ふたりの料理長をどないしたらええんやろ、て悩んでたんは、ほんの一年ほど前のことやと思えへんほど、ええ感じになってきました。

ふたつの板場の空気も、適度な競争感がありながら、ふだんは和気あいあいとしてて、見てても気持ちがええんです。

料理対決てな奇抜なことして、これからどうなるんやろ、て先行きが不安でしたけど、今のところはあんじょういってます。

そうは言うても、一年間の勝ち負けで来年の板長《いたちょう》を決めるて約束した、その期限が迫ってきてますので、またふたりが火花を散らすことになるんですけど。

これまでの結果は岩田さんの二勝一敗一引き分けやさかい、岩田さんの負けはなくなりました。次の勝負で萩原が勝っても五分で引き分けやし、萩原が負けたときはもちろん、引き分けても年間トータルで岩田さんの勝ちになります。

ひとつ気になるのは、次に萩原が勝って五分で終わったときのことです。

そういうことを想定してませんでしたから、どう決着を付けたらええのか、ていう問題が出てきます。引き分けは想定外でしたので、そうなったときの取り決めをしてません。

ふつうに考えたら、引き分けなんやさかい現状維持となるんでしょうけど、それでええんやろか。ちょっと迷います。

スポーツの場合でしたら、たいていはプレーオフていうか、延長戦みたいなことになりますやろ。て言うても、もう年の瀬も近いことやし、おせち作りで忙しいときに、内輪のことで手を止めるわけにもいきません。

まぁ、そうなったら、なったときに考えたらええか。

生まれもっての楽天家ていうのは、こういうときに楽です。

先のことまで考えるのはやめて、今年最後の料理対決はなにをテーマにしようかしらん、て考えてた、日曜日のお昼のことです。

『糺ノ森山荘』の常連のお客さんからリクエストが届いてたんです。

お孫さんの誕生日祝いに一席設けたいということで、まだ小学生の男の子やさかい、お肉料理を出して欲しいていうことでした。

お子さんやのうても、最近はメイン料理にお肉を、ていうお客さんは少なくありません。そないむずかしい考えることなく、岩田さんと相談して、和牛のステーキをお出しすることにしてました。

師走にしてはめずらしい暖かい日で、なんや春みたいやなぁ、と宜《のり》さんと話してました。

常連の大河《おおかわ》さんご一家は三世代八人でお越しになって、愉《たの》しそうにお食事をなさってました。

時間があるときはケーキもスタッフが手作りするんですけど、あいにく『糺ノ森山荘』も『泉川食堂』も忙しいしてましたので、ご近所の洋菓子屋さんにお願いして、届けてもらいました。

お食事が終わって、デザートタイムがはじまる、ていうタイミングでお部屋の電気を消して、ろうそくを立てたケーキをお持ちする段取りになってます。それはたいてい女将《おかみ》の役目になってますので、慣れたもんです。どっちかていうたら音痴《おんち》の部類に入るんですけど、ハッピーバースデーの歌だけは自信ありますねん。喉飴《のどあめ》で潤して準備万端。廊下の隅で待機してます。

仲居が合図する手はずになってるんですけど、なかなかお座敷から出てきません。

なんぞトラブルでもあったんやろか。ちょっと心配になってきました。

「ちょっと悪いけど、お部屋をのぞいてきてくれるか」

両手でケーキを持ったまま、通りかかった仲居に言いました。

「承知しました」

新入りの仲居がすぐにお座敷に入っていきました。

いくら楽天家のわたしでも、こういうときは悪いように考えてしまいます。仲居が粗相《そそう》したか、お料理にご不満やったか。たまに最後のお料理を食べはるのが遅うなってしまうこともありますけど、それやったらそれで、仲居が言うてくるはずやろし、仲居頭《がしら》の悦子《えつこ》さんが担当してくれてるさかい、粗相があったとは考えにくいし。

「お待たせしました。どうぞ」

そう案じてるときに、仲居がふたり揃《そろ》うて出てきたんで、ホッとしました。

ケーキを持ってお座敷に入るなり、みなさんから歓声があがって、いつもどおりのお誕生祝いの宴席になりました。

大河さんも上機嫌でお孫さんと一緒に写真を撮ってはりますし、お誕生日プレゼントもたくさん並んでます。

こういう光景を見ると、父には孫の顔を見せることができひんかったことを悔いてしまいます。

きっとこういうことをしたかったやろなぁ、て思うと申しわけない気持ちになって、じーんときました。

ふつうのお食事でも、もちろん気を遣うのは一緒ですけど、やっぱりお祝いの席となると、いつも以上に緊張します。

お伴のタクシーにみなさん機嫌ようお乗りになって、お帰りになるのをお見送りすると、肩の力がいっぺんに抜けていきます。

「ご苦労さん。なにごとものうてホッとしたわ。悦子さんがなかなか出てきいひんさかい、えらい心配したんえ」

隣に並んでる悦子さんは、まだ頭を下げたままです。

「実はお孫さんからお説教されてたんですわ」

顔を上げた悦子さんが小声で耳打ちしてきました。

「お説教？」

びっくりして大きい声を上げてしもて、あわてて口をふさぎました。

「ちょっと中へ入りましょ」

タクシーが角を曲がって見えへんようになったんをたしかめてから、お店に戻りました。

廊下の隅っこでひそひそ話です。

「ええとこのボンボンは言うことが違いますな。もっと料亭らしい肉料理が出てくると思ってたので残念でした、やて」

悦子さんが小鼻をゆがめて苦笑いしました。

「ていうことは、お孫さんは喜んではらへんかったん？」

「そこが微妙ですねん。残さんとぜんぶ食べてはったし、ごちそうさま、美味《おい》しかったですよ、て言うてはったし。けど、不満が残った、ていうことですやろな。こまっしゃくれた子どもやな、てだいじなお客さんに言うたらあかんのですけど」

悦子さんは不満そうに口を曲げてます。

「大河さんはなんて？」

「これこれ、子どもが生意気言うんやない、てたしなめてはりましたけど、にこにこ笑《わろ》うてはったさかい、頼もしい孫や、ぐらいに思うてはったんと違いますやろか」

「そうやったんか。まぁ、その程度で済んでよかったて言わんとしょうがないなぁ。いちおう岩田さんには伝えておきます」

「子どもの言うことやさかい、そない気にしはらんでもええと思いますよ」

悦子さんはそう言うてますけど、子どもでもお客さんはお客さんやし、まして大河さんのお孫さんやったら、将来の常連さん候補なんやさかい、黙って見過ごすわけにはいきません。

料亭らしい肉料理。そう言われてみたら、たしかに引っ掛かる言葉です。

相手が子どもやさかい、油断してたて言えんこともありません。上等のお肉を焼いといたらええやろ、ぐらいに軽ぅ見てたことは否めません。わたしの胸のうちだけにおさめといたらええ話とは違います。

夜の部もけっこう予約が入ってます。仕込みで忙しいやろさかい、さらっとだけ言うとこうと思うて板場に向かいました。

案の定、フルメンバーに近いスタッフが忙しく立ち働いてます。

形どおりの挨拶をしてから、岩田さんの傍《そば》に行って、悦子さんから聞いたことをそのまま伝えました。

「そうでしたか。重く受けとめないといけませんね」

包丁の手を止めて、岩田さんが考えこんではります。

このへんが萩原との違いやなと思うてます。

子どもの言うことぐらい、いちいち気にせんでよろしいがな。きっと萩原やったらそう言うと思います。

「たしかに料亭らしさに欠けていたと思います。いい勉強をさせていただきました」

「わたしも油断してました。料亭の華はお魚やさかいに、お肉はまぁそない気張《きば》らんでもええやろ、て思うたんがいかんかった。反省してます」

「落ち着いたら肉料理を考えてみます。料亭らしい肉料理を」

まさか子どもさんから課題を与えられるやなんて、思うてもみませんでした。客商売ておもしろいもんですね。

おもしろい反面、怖いのも客商売の常です。いつ、どんなお客さんがお越しになったのか、しっかり見てるつもりでも、見逃してることがときどきあります。

大河さんの宴席があったその夜も、そのことを痛感して、真冬の冷や汗を流しました。

〈桐壺《きりつぼ》〉の間でお食事をされたお客さんからお声が掛かったんです。

手が空いていたらご主人と話がしたい、と言うてはります、と仲居から連絡がありました。

今度こそトラブルがあったんやないかと、また案じながらすぐに予約台帳を確認したら、篠原《しのはら》さんというお客さんで、前回は夏の終わりにおひとりでお越しになっていて、今夜は三人さんで会食をなさっています。

前回お越しになったときにお名刺をいただいてましたけど、会社の社長さんていうだけで、どんな会社でどんなお仕事をなさっているのか、まではお聞きしてませんでした。

華山《はなやま》さんのお嬢さんの件で、そっちに気を取られてたときやったから、て自分に言い訳しています。

篠原さんの名刺を見て、お顔はすぐに思いだしましたけど、お仕事の内容やとかご家族のことやらは、まったく思い当たりません。

急いで階段を駆け上がって、〈桐壺〉の前で深呼吸してから声を掛けました。

「失礼します。主人の朱堂《すどう》でございます」

「どうぞお入りください」

部屋に入ると、スーツ姿の男性が三人、いっせいに椅子から立ちあがらはりました。

「ご挨拶が遅ぅなって申しわけありません」

畳に三つ指をつきました。

「お忙しいときに、わざわざお呼びたてすみません。今夜もたいへん美味しくいただきました。ありがとうございます。前回あまりにも美味しい料理でしたので、今夜はわたしの部下を二名連れてまいりました。小松《こまつ》と三浦《みうら》です」

若いおふたりはバリバリのビジネスマンていう感じです。名刺を出して挨拶してくれはりましたけど、それを見てもまだ、どんなお仕事の会社なんか、ピンときません。見当違いなことを言うて失礼があったらあきませんので、ぶなんな話をしながら様子を見ます。

「お料理はお口に合いましたやろか。お若い方には物足りんかったんと違います?」

「とんでもありません。さすが京都の老舗《しにせ》料亭のお料理は格別だなと三浦と話していたところです」

小松さんという方はジャニーズ系のイケメンさんです。

「こういうお店には慣れていませんので、最初は緊張しましたが、仲居さんがじょうずにもてなしてくださったので、リラックスして食事することができました。ありがとうございます」

三浦さんはアスリートていう感じで、おふたりとも絵に描いたような好青年です。言葉とは裏はらに、まだ完全に緊張が解けてはらへんように見えます。

「そない言うてもろたらうれしおすけど、お気に召さんことがあったら、遠慮のう言うてくださいね」

「なにをおっしゃいますやら。ふたりともお世辞は苦手なもんですから、本音で言うてるんですよ」

あれ？　名刺には東京の会社て書いてあったのに、篠原さんは関西弁使《つこ》うてはるわ。

「失礼ですけど、篠原さんは関西のお方なんですか？」

ストレートに訊いてみました。

「実はそうなんです、て別に隠さんならんようなことと違うんですけど、おっしゃるとおり、こっちの人間です」

別に関東の方が苦手やということではないんですけど、やっぱり関西の方やと分かると、なんとのうホッとします。

「師走のお忙しい時季だと充分承知しておりますので、今夜はご挨拶だけさせていただいて、改めてお約束をして伺いますが、実は仕事上のお願いがありまして、ちょっとこちらをご覧いただけますか」

そう言いながら小松さんがビジネスバッグから取り出さはったんは、きれいなクルーズのパンフレットです。

『飛鳥《あすか》Ⅱ』て聞いたことあります。世界一周とかする豪華な客船ですわ。なんや旅行会社のひとやったんか。クルーズに参加してくれて言うてはったんや。そう思うたんは早とちりでした。

「詳しいことは今度お会いさせていただいたときにお話しさせていただきますが、わたしどもの会社はこのクルーズをお手伝いしておりまして、つきましては来年度のクルーズで、ぜひ『糺ノ森山荘』さまにご協力いただけないかと思いまして」

セールスとはどうやら違うみたいです。

「協力、て、どういうことですやろ？」

よう分からへんので、そのまま訊いてみました。

「お呼びたてして、この場でお話しするのも失礼なことやと思いますんで、ごくごく簡単に説明させていただきますと、クルーズの行程中に寄港地で下船されたお客さまに向けて、オプショナルツアーを組んでるんですけど、そのなかで『紅ノ森山荘』さんでランチをお願いできれば、と思っておるということです」

篠原さんが説明してくれはったことは、なんとのう分かりますけど。

「たとえば舞鶴《まいづる》や神戸《こうべ》に寄港したときに、京都観光の半日ツアーを、と考えておりますが、その際にこちらのお店で食事をしたり、あるいはお弁当をお作りいただいたり、をお願いできないか、と勝手なことを思いつきまして、話だけでも聞いていただければ大変ありがたいのですが」

三浦さんが補足してくれはりました。

「こんな豪華なクルーズに参加しはるお客さまでしたら、さぞや舌も肥《こ》えてはるやろし、光栄なことやと思いますけど、うちみたいな店でええんですやろか」

「わたしもこれまで京都のいろんなお店で食事をさせていただきましたが、『飛鳥Ⅱ』のお客さまには、ぜひともこちらのお店の味を愉しんでいただきたいと思っておるんです」

篠原さんは関西人らしい押しの強さで迫ってきはります。

「そこまで言うていただけるんでしたら、ぜひとも協力させていただきたいと思います。年明け早々にでも詳しいお話を伺わせてもらいましょか」

「それがですね……」

三浦さんが口ごもりながら、篠原さんに目でなにやら訴えてはります。

「こんな年の瀬に急な話を持ち込んで、ほんまに申しわけないと思うんですけど、次年度のパンフレットの印刷時期が迫ってますので、できれば今年中にお話を決めさせていただけたら、と思うんですが」

篠原さんが上目遣いにわたしの顔色を窺《うかご》うてはります。

「せっかくのええお話やし、善は急げ、ていう言葉もありますさかい、分かりました。板長の都合も聞いて、時間を作らせてもらいます」

「ありがとうございます」

三人が口を揃えて頭を下げてくれはりました。

萩原を除《の》けもんにするわけにいきませんさかい、岩田さんとふたりの都合をすぐに聞いて、三日後に打ち合わせをすることになりました。

コロナ禍で滞ってた流れが、一気に動き出したみたいな気がします。

豪華クルーズとうちの店とは、まるで縁がないと、ついさっきまで思うてたのに、急にこんな話が降ってわくやなんて、ほんまに不思議なことです。

もうひとつ不思議なことがありました。

それはこのクルーズのお客さんは外国の方もおられるので、老舗料亭ならではの肉料理もメニューに載せて欲しいとリクエストされたことでした。

くしくもおなじ日に、ふた組のお客さんから、料亭の肉料理を、と注文を付けられるやなんて、ただただ驚くばかりです。

こうなったら、今年最後の料理対決は肉料理にするしかありません。

訊くだけ無駄やて分かってましたけど、夜寝るときに旬さんに相談してみました。

当たり前のように、きみの好きにすればいいよ、という答えが返ってきたので決まりです。ふたりの料理人に異論がないようやったら、おせち作りの合間を見て、五回目の料理対決をすることにします。

きみの好きにしたらいいよ、て言いながら、しっかり注文を付けはるのも、旬さんのいつものことです。

肉料理ではなく、今回ははっきり牛肉料理、と限定したほうがいい、ということでした。

たしかに豚肉や鶏肉も肉料理に入りますけど、ふつうに京都で肉て言うたら牛肉に決まってますやん。このあたりがやっぱり旬さんは東のひとやなぁて思うてしまいます。

ついでに、て言うのもなんですけど、飛鳥クルーズの篠原さんの話をしたら、なんとなくよそよそしいていうか、否定的なんです。

「クルーズのお客さんとうちの店とはなじむかなぁ。ちょっと異質な気がするな」

「詳しいお話を聞くのはこれからやし、まだ決めたわけやないんですけど」

いつもやったら、ここで、きみの好きにすればいいよ、ていう決め台詞《ぜりふ》が出るんですけど、それもありませんでした。

こういう反応はめったにないことやさかい、旬さんはクルーズと関わることを、あんまり快う思うてはらへんていうことは、心に留めとかんとあきません。

おせち作りも佳境に入ってきて、篠原さんの会社の方との打ち合わせ日も決まって、師走らしい忙しさを感じはじめたときに、また思いがけんことが起こりました。

3

名ばかりの女将業から、九代目の主人になって、いろんな壁にぶつかってきましたけど、今度の壁はまるで想像もしてへんところに、立ちはだかりました。

寒い朝のことでした。

折り入って話がある。いつにのうかたい表情で、宜さんが自宅を訪ねてきはりました。

ほかのひとに聞かれとうない話みたいなんで、茶室で話を聞くことになりました。

釜のお湯もええ具合に沸《わ》いてますさかい、まずは一服《いっぷく》点《た》てることにしました。

まどろっこしいように思われますやろけど、お茶を点ててると、気持ちが落ち着きます。たいていのことには動揺せえへんようになるんです。

「ちょうだいいたします」

宜さんが黒楽《くろらく》のお茶碗を手のひらで包み込みました。

「どうぞ」

軽ぅに会釈して様子を見ると、宜さんの顔色が悪いように見えました。

茶室は小さい窓しかありませんから、いつも暗いんですけど、いつにもまして顔を暗い翳《かげ》が覆ってます。

「お話てなんです？」

宜さんがお茶をすすり切らはったのをたしかめてから訊きました。

「これを受け取っていただけますやろか」

間髪をいれんと、宜さんは懐から白い封筒を出して、畳の上を滑らしました。

「辞表？　どういうことです？　忙しいときに悪い冗談はやめてくださいね」

「長いあいだお世話になったお店の名を汚《けが》すような、とんでもない不始末をしでかしてしもうた以上、わしが身を引くしかない。そう思うたんです。どうぞお納めください」

宜さんは畳に額をすりつけてます。

「店の名を汚すやとか、とんでもない不始末て言われても、わたしにはなんのことやらさっぱり」

キツネにつままれたみたいな話に、目を白黒させて、ただただ驚くばかりです。

「事前にご相談したらよかったんですけど、独断でやってしもうたことで、今になって後悔してます。伏原宜家《ふせはらのりいえ》、一生の不覚です」

顔も上げることのう、謝り続けてはる姿はなんや時代劇みたいです。

「せやさかい、なにがどうやったんか、ちゃんと話してくださいて言うてますやろ。ただ謝ってもろても、返事のしようもありませんがな」

「口にするのもはばかられるんですが、お話しします。実は、あるブロガーはんから頼まれて、タダ飯を食わしたんです。ちょうどコロナでお客さんが激減しとった、春先やったんで、なんとかお客さんを増やさなと思うて、藁《わら》にもすがる思いで、インフルエンサーやて言われとるグルメブロガーを接待しましたんや」

ちょっとだけ顔を上げてますけど、目を真っ赤に染めてるのがはっきり分かります。

「そういうことは一切せえへん、てずっと代々続けてきたのは、宜さんもよう知ってるやろに」

まさか宜さんが、という思いです。

「重々承知しとりました。なんであんなことしてしもたんか、魔が差したとしか思えへんのですけど、事実は事実ですさかい、責任を取って辞めさせてもらうしかおへん」

また頭を下げました。

「けど、春先のことをなんで今になって？」

「だまそうとは思うてませんでしたけど、わざわざ言うこともないし、黙ってるつもりやったんです。けど、隠しごとはいけまへんな。最近になって噂《うわさ》になりだしたみたいで、ネットでわしの話が出とるんですわ。『糺ノ森山荘』の番頭が、ブロガーにタダ飯を食わして、口コミサイトの点数を上げとる、て。そんなことを頼んだわけやおへんのでっせ。いっぺんうちの店の料理を食べてみてくれ、と。ほんで旨いと思うたら、ブログやとかで書いてくれたらうれしい。ただそれだけのことやったんですけど」

　宜さんの目に涙がたまってます。

「おおよその話は分かりましたけど、実害はないんですやろ？」

「出過ぎたまねやと思うてたんですけど、ブロガーはんの食事代はわしが出しましたし、お店には負担は掛けてまへん。金銭的には実害はないと言えますやろけど、信用っちゅう店にとって一番だいじなもんを損のうたことは間違いのないことです。あそこの店はブロガーにタダ飯を食わせてまで、評判をあげようとしとる、て言われるような、取り返しのつかんことをしてしもたんです」

　畳に宜さんの涙が落ちました。

たしかに『糺ノ森山荘』の長い歴史のなかで汚点になったことは間違いありませんけど、取り返しがつかへんことではないと思います。信用ていうもんは、仮にいったん失うても、そのあとの努力で取り戻せるもんやと思います。

「分かりました。あってはならんことです。言うたらお金で評判を買うようなもんやさかい、宜さんがしでかさはったことは、たとえお店のためとは言うても、見過ごすわけにはいきません」

「言葉もありません。九代目のおっしゃるとおりです。伏してお詫びいたします。申しわけございませんでした」

宜さんの涙声を聞くのは初めてのことです。

「けどな、宜さん。このまま辞めてしまわはるのは無責任なんと違いますか。失《うしの》うた信用を取り戻すために、これから懸命に働いてもらわんと困ります。自分で汚したとこは、自分で掃除する。当たり前のことやないですか」

「……」

宜さんはなんにも言わんと、畳に置いた両手のこぶしを握ったまま、ずっと頭を下げ続けてはります。

「わたしの独断やけど、停職一か月の処分とさせてもらいます。よろしいか」

「ありがと……」

つっぷしたままで、言葉が続かへんみたいです。

こういうときはお茶室やと気が落ち着きます。しゅんしゅんとお湯の沸く音だけが狭い茶室に響いて、宜さんの丸い背中が影を作ってます。

「いつまでもそないしても、しょうがおへん。頭を上げてください。今日のとこはおうちに帰ってもろて……」

　言いながら、なんやちょっとおかしいなと思いはじめました。つっぷしてはるまま、ぴくりとも動かへんのです。

　あわてて背中を叩いたんですけど、なんの反応もありません。どころか、そのまま、ぐずぐずと畳に倒れ込んでしまいました。

　目をつぶったまま、眠ってるみたいに、寝息を立ててる。尋常やないと気が付いて、すぐにスマートフォンで救急車を呼びました。

　指だけと違《ちご》うて、身体《からだ》ぜんたいもがたがた震えてます。

　なんとかこっちの状態を説明して、すぐに向こうてはるて聞いてから、お茶室を飛び出して、板場のスタッフを呼びに行きました。宜さん、宜さん、て叫んでるうちに涙が出てきました。なんでこんなことになってしもうたんや。宜さん、死なんといてください。神さんに頼もうとして、石畳につまずいて転んでしまいました。

　足の骨がどないかなったんやろか。立ちあがろうとしても、足がいうこときません。冷たい石畳に寝ころんだまま、椿《つばき》の木の枝をつかもうとしたら、ぽきっと折れてしまいました。

遠くから救急車の音が聞こえてきて、ちょっとずつ近づいてきます。ホッとしたような、胸が苦しいような、こんな気持ちになるのは、父が倒れたとき以来です。

人間て弱いもんなんや。哀《かな》しいて哀しいて、涙が止まりませんでした。


生まれて初めて救急車に乗りましたけど、よう揺れるもんなんですね。もうちょっとで車酔いするとこでした。

京大病院に着くとすぐ、ドクターやら看護師さんやらが駆けよってきてくれはって、素早い動きで集中治療室へ運んでいかはりました。

「お嬢さんですか？　お父さんは脈拍もしっかりしていますから大丈夫ですよ。万全の態勢を組んでますので。心を落ち着けて、ここでお待ちくださいね。随時ご報告に参ります」

わたしよりうんと若い看護師さんが、やさしい言葉を掛けてくれはって、また涙が出てきました。宜さんは父と違うんやけど、いちいち訂正せんでもええやろ、と黙って聞いてました。

どうなるんやろ、て胸が張りさけそうになってたのが、ふっと楽になりました。言葉て、こういうときのためにあるんやな、て改めて思いました。気弱になってるときには、こういう言葉がほんまにありがとう感じます。

どうぞ宜さんを助けてあげてください。祈る思いで、集中治療室に向かって手を合わせました。

看護師さんのおかげで、ちょっとだけ落ち着くことができて、スマートフォンを見てみたら、ようけ着信記録が残ってます。旬さんからＬＩＮＥも入ってるし、悦子さんからメッセージも届いてます。

みんな心配してくれてるんやと、また泣きそうになります。すぐにどうこう、ていう感じではないみたいやし、ちょっと連絡しとこうと思うて、看護師さんの許可をもろてから、いったん病院の外に出ました。

病院の南側は広場みたいになってて、陽当《ひ》たりがええさかい、ベンチに腰かけて日向《ひなた》ぼっこしながら、あちこちに連絡しました。

師走とは思えへんようなお陽さまが、空から降りそそいでます。寒々とした枯れ木でさえも、なんとのうほっこりしてるように見えます。

大丈夫や。きっと天の神さんが宜さんを助けてくれはる。そう自分に言い聞かせて、病院に戻ろうとしたときです。

隣のベンチに座って、わたしとおんなじようにスマートフォンを操作してはる女性が目に入りました。

木平《きひら》さんのような気がするんですけど、確信は持てません。ひと違いかもしれんし、声を掛けるのはやめとこう。そう思うて立ちあがったときに目が合いました。

やっぱり木平さんや。そう思うて会釈したら、立ちあがって、こっちに向かってきはりました。

「木平です。先日はありがとうございました」

「こちらこそ、おおきに、ありがとうございました」

型どおりの挨拶をしたあと、おなじ言葉がふたりどうじに出ました。

「どうかなさったんですか？」

あんまりにもぴったり言葉が重なったんで、ふたりとも苦笑いしてしまいました。

「父が入院しているんです」

木平さんが先に言いださはりました。

「そうやったんですか。ちっとも存じあげず、お見舞いにも伺わんと失礼なことしてます。うちは番頭が急に倒れたんで、わたしが付きそうてきたんです」

「それはご心配でしょう。おだいじになさってあげてください」

「押し詰まったときに、思いも掛けんことが起こるもんですね。お父さんの具合はいかがなんです？」

「まさか、こんなところでお会いするとは、思ってもみませんでしたが、これも神さまの思《おぼ》し召しでしょうから、ご報告いたしますが、まだ公にはしておりませんので、ご内密にお願いできればと思っております」

「立ち話もなんですし、よかったらお掛けになりませんか」

という成り行きで、ふたり並んでベンチに腰をおろしました。

「さいわい余命を宣告されるまでには至っておりませんが、肝臓《かんぞう》がんがかなり進行しておりまして、現場復帰はむずかしいだろうというのが主治医の見立てです」

「お元気そうに見えてたのに。そないお悪かったんですか」

華山《はなやま》さんていうたら、意気軒昂《いきけんこう》なとこしか見たことなかったんで、ただただびっくりです。

「父とも相談した結果、来春にわたしが跡を継ぐことに決めました」

「それはそれは、おめでとうございます、て言うてええのかどうか、迷いますけど」

「店だけではなく、父はすべての役職から退くことにしました。ずいぶん長いあいだ、組合のみなさんにはご迷惑をお掛けしました」

「とんでもおへん。お世話になりっぱなしでしたし、長いあいだお疲れさまてお伝えください」

ふたりで中腰になって、頭を下げ合いました。

「銀座のお店はどうしはるんです？」

「主人にまかせることにしました。店の名前も『銀座木平』と変えますので、華山とは縁が切れることになります」

「縁が切れる、て……」

「あ、離婚するわけじゃありませんよ。あくまでお店の縁を切るだけで」

　木平さんが苦笑いしてはります。

「すんません。早とちりしてしもて。けど、離れて暮らさはるのもお寂しいんと違いますか?」

「かえってそのほうが新鮮でいいんじゃないですか。父のこともありますし、月に一度は向こうに帰るつもりですが、主人も喜んでるみたいですよ」

「そういうもんかもしれませんね」

　旬さんの顔が浮かびました。

　たしかに夫婦で仕事をして、四六時中いっしょやと、ちょっとくたびれるかもしれません。たまに会うぐらいのほうが新鮮やていうのも、よう分かります。

「朱堂さんのところは女将さんで九代目になるんでしたね。うちはわたしでまだ五代目ですから、まだまだひよこです。よろしくご指導くださいませ」

「なにを言うてはるんです。うちはただ古いだけで、料亭『華山』さんのような立派なお店の足元にも寄れません。こちらのほうこそ、どうぞよろしくお願いいたします」

なかなか頭の下げ合いが終わりません。

「ずっと東京におりましたので、京都のことはまるで分かりません。先輩、よろしくお願いしますね。お引き留めして申しわけありませんでした。父のところへ戻りますが、今の話は正式に発表するまで、くれぐれもご内密にお願いします」

木平さんが小走りで病院に戻っていかはりました。

思いも掛けへんかったことが、ふたつも続きました。

それにしても、あの華山さんが病気で入院してはるやなんて、それだけでもびっくり仰天やのに、料亭の主人も組合の役員も引退しはるて、天と地がひっくり返るほどの衝撃です。

ひょっとしたら、あのことが影響したんやろか。わざとやないけど、盗み聞きしてしもた話やさかい、たしかめるわけにはいきませんが、なんとのうそんな気がします。

もしもあのとき木平さんが言うてはったことが事実やとしたら、きっと華山さんにとっては、古傷ていうか、喉に刺さった魚の骨みたいに、ずっと気にしてはったやろし、岩田さんが京都の、しかもうちの店で板長をしてるていうのは、爆弾を抱えてるような気持ちやったかもしれません。

もしかしたら、それが引き金になって病気になってしまわはった、と思うのは考えすぎですやろか。

ひとの運命て、ほんまに分からんもんですね。今から考えたら、すべてはあの日からはじまったんですけど、いまだに岩田さんがなんでうちの店の板長にならはったんか、謎のままです。

わたしはあの前の晩、ほんまに夢を見たんやろか。そして『木嶋《このしま》神社』で会《お》うたあの神官さんは、ほんまにやはったんやろか。

まさか偶然ていうことはないやろし、ぜんぶが夢の中の話やとも思えません。現に、岩田六郎《ろくろう》というひとは幽霊やのうて、ちゃんとした人間で、立派に板長を務めてくれたはる。

その岩田さんは、ほんまは堤《つつみ》ていうひとで、『銀座華山』で働いてはったときに、鱧《はも》料理の秘伝を編《あ》みださはった。それを華山さんが自分のものにしてしもて、堤さん、すなわち岩田さんを追いださはった。逆らうこともものう、堤さん、いや岩田さんは素直にしたごうて、名前まで変えて長いあいだ身を隠してはった。

この一年のあいだに起こったこと、見知ったことをまとめたら、そういう筋書きになるんですけど、どうにもほんまの話には思えへんのです。いったいなにがどうなって、今の状態になってるんやろ。分からへんことだらけなんです。

せやさかいと言うて、立ち止まって、じっと考えてるわけにはいきません。季節はどんどん移っていきますし、毎日めまぐるしいほど、いろんなことが起こります。

そろそろ戻らんとあきません。神さん、どうぞ宜さんを助けてください。手を合わせてお陽さまにお願いしました。

## 4

肉料理対決の日になりました。

さいわいなことに、宜さんの病気も軽ぅて済みました。

一過性脳虚血発作《いっかせいのうきょけつほっさ》やていうことで、わたしが帰ったときには、もうふつうの状態に戻ってましたけど、意識まで失うことは稀《まれ》やそうで、精密検査のために入院することになりました。

受注作業やとかはおおかた済んでましたんで、宜さんが休んでても、なんとかおせち作りは順調に進んでます。

暮れも押し詰まってきたさかい、毎日いろんなことを、こなさんとあきません。

肉料理対決は午後からにまわして、お昼前にはクルーズのお話を聞かんとあきません。篠原さんらは、早《はよ》ぅからお見えになってお待ちかねです。

急いで〈夕顔《ゆうがお》〉の間へ向かいました。

〈夕顔〉はうちの個室のなかでも、わりと広いほうです。十人ぐらいは入れる部屋にしたのは、説明用のプロジェクターを置いたりせんならんかったからです。

カード会社さんのキャンペーンやとか、企業の研修会とかで使うことが多い部屋です。一階の隅っこにある部屋やさかい、眺めが悪いのが欠点ですけど、隣の部屋がないので、少々大きい音を立てても大丈夫という利点があります。

「暮れのお忙しいところ、お時間を取っていただいて、ありがとうございます。おおまかなことを説明させていただきますので、お分かりになりにくいことがありましたら、なんでも訊いてください」

篠原さんのご挨拶ではじまりました。

仲居頭の悦子さんに同席してもろてるのは、実際に対応してもらうのは悦子さんが中心になるさかいです。

説明を聞いてて、ちょっとびっくりしたのは、クルーズの料金が思うてたほど高《たこ》うない、ていうことです。

超が付くようなお金持ちしか乗れへんて思うてたんですけど、ちょっとがんばったら手が届く金額やし、短い国内クルーズやったら、乗ってみてもええなぁ、と思えてきます。

「九代目。いっぺん乗ってみまひょか。冥土《めいど》の土産にええんと違いますか」

「なにを言うてはりますのん。せめて還暦《かんれき》を過ぎんと、冥土なんて言葉は似あわへんのでっせ」

クルーズのビデオを見ながら、ふたりでひそひそ話をしてます。

大富豪みたいなお客さんやったら、身構えんならんなと思うてましたけど、こんな感じやったら、いつもどおりでいけそうです。

「お肉料理のことも、考えてもらえましたか？」

わたしの傍でかがみこんだ篠原さんが、小声で訊いてこられました。

「実は今日、ふたりの板長が肉料理対決をすることになってまして、そこで出た料理をクルーズのお客さまに提供させていただこうと思ってるんですよ」

「肉料理対決？　なんですの、それ」

篠原さんは関西弁に戻ってはります。

ビデオはまだ続いてますけど、概略を篠原さんに説明しました。

「いやぁ、そんなおもしろいことなさってるんですか。そういうコミックがありましたね。よかったら見学させてもらえませんか。今日は一日こっちにおりますので。お邪魔にならへんように、隅っこでこっそり見てますので」

篠原さんは好奇心旺盛な社長さんみたいです。

「どうぞ見ていってください」

「ありがとうございます。すごく愉しみです」

誰にも相談せんと勝手に承諾したけど、よかったやろか。

まぁ別に隠さんならんようなことでもないし。あ、そや。篠原さんに臨時審査員になってもろたらええんや。宜さんの代理ということで。豪華船のクルーズに携わってはるんやから、きっと食には通じてはるやろし、今回の企画にも関係することやさかい。

「ちょっとお願いがあるんですけど」

「なんです？」

「外へ出ましょか」

〈夕顔〉の間を出て、廊下の隅でお話ししました。

「ぼくみたいなもんでいいんですか？　食べることは大好きですけど、まったくの素人《しろうと》ですよ」

「素人さんやさかいええんです。お客さんの立場で審査してもろたら」

ほかの審査員さんのこと、点数制で採点することやら、おおよそのことを説明して承諾してもらいました。

我ながらええ思いつきやったと思います。今の今まで、宜さんが欠席やていうことを忘れてました。五人でもええようなもんやけど、やっぱり六人のほうがおさまりがええし。

説明のほうはおおかた想像してたとおりやし、クルーズのお客さんに来ていただくことに、なんの問題もありません。あとのことは悦子さんにまかせて、宜さんのお見舞いに行くことにしました。

コロナのことがあってから、面会やお見舞いは制限されてますので、機会が限られてます。たぶんこれで年内最後になると思います。

短い面会時間は、一方的に宜さんがしゃべりまくってました。

わたしが来るのを待ちかまえてたみたいで、マスクをしてるのに、隣のお部屋に聞こえるのと違うやろか、と思うぐらい大きい声で話してます。

「いやぁ、びっくりしました。こんな偶然があるわけがない。そうですやろ？」

そう言うて宜さんが地図を広げて見せてくれます。

岩田さんが持ってきはった履歴書の住所、千葉県南房総市《みなみぼうそうし》千倉町《ちくらちょう》南朝夷《みなみあさい》一六八のすぐ傍に『高家《たかべ》神社』があるのを見つけて、えらい興奮してはるんです。

名前だけは聞いたことがあるけど、行ったこともないし、詳しいことは知らんのですけど、『高家神社』ていうたら、日本でただひとつの料理の神さんで、そのご祭神は磐鹿六雁命です。イワカムツカリノミコトて読むんです。むずかしいことはよう分かりませんけど、『日本書紀』にも出てくる、古いひとで、料理人にとっては、だいじな神さんやということになってます。

「磐鹿六雁命を今ふうの名前に置き換えたら岩田六郎。これが偶然やと思わはりまっか？　わしは生まれ変わりやとにらんでます」

ベッドにあぐらをかいたまま、宜さんは鼻息を荒《あろ》うして、腕組みしてます。

かなりこじつけやと思いますけど、まったくの偶然やとも思えへん気もしてます。

「令和の時代になってるんですえ。生まれ変わりやなんて、そんな非科学的な話を信じるわけにはいきません」

そう言いながらも、胸の隅っこのほうで、ちらっとだけ、もしかして、と思うのも京都人の性《さが》ですやろね。

宜さんに差し入れだけわたしして、またお店にとんぼ返りです。

篠原さんはまた出直してくるて言うてはったみたいですけど、悦子さんの話やと、うまいことまとまったようでホッとしました。いったん自宅に戻ります。

料理対決まであと一時間。少しだけ休もうかなと思うてるとこに電話が入りました。

今夜のご予約のお電話です。男性おひとりでお見えになるていうことで〈桐《きり》壺《つぼ》〉をお取りしました。料理対決の日はお店をお休みにするはずやったんですけど、暮れのかき入れ時やさかい、そない悠長なこと言うてられしません。

コカイと名乗らはって初めてお越しになるていうことでしたけど、聞き覚えのある声のような気がしてます。

誰やったやろ、て考えながら家のソファに横になったら、いつの間にか寝てしもうてました。一年の疲れがどっと出たみたいです。

うっかり寝過ごしてしまうとこでした。

急いでお化粧なおして店に向かいます。師走の真っただ中やていうのに、額にはうっすら汗がにじんでます。今年は暖冬みたいです。

萩原と岩田さんは手ぐすね引いてる、といった顔つきで準備に余念がありませんし、篠原さん以外の審査員も顔をそろえてます。

旬さんは僧休さんと雑談してはって、秋山さんは悦子さんになにやら説明してはります。

そや。宜さんと、篠原さんのことをみんなに言うとかんと。

「遅ぅなってすみません。暮れのお忙しいときにお越しいただいてありがとうございます。実は大番頭の伏原が今日はお休みをもろてまして、出席できません。代わりにて言うたらなんですけど、内外の食に詳しい方に臨時の審査員をお願いしております。篠原さんというお方で、飛鳥Ⅱていう豪華船のクルーズに関わっておられます。じきにお見えになる思いますので、どうぞよろしゅうお願いいたします」

簡単にご挨拶して報告をしときました。

真っ先に反応したんは誰あろう、旬さんです。

「飛鳥Ⅱ？」

裏返った声を上げはりました。

「こないだお話ししてましたやろ。今日は説明にお越しいただいたんですけど、料理対決に興味をお持ちになったんで、宜さんの代理をお願いしたら、快ぅ引き受けてくれはったんです」

みんなの前でそう説明したら、旬さんはしぶい顔してはります。そんなにあのクルーズが嫌いなんやろか。

て言うてるとこへ篠原さんが入ってきはりました。

「遅くなりました。今日は突然お邪魔してすみません。篠原と申します」

頭を下げて名刺を渡してまわってはります。

「死ぬまでに一度は乗ってみたいものです」

秋山さんは本気で言うてはるみたいです。

「どうぞどうぞ。大歓迎ですよ。あとでツアーパンフレットをおわたしします」

篠原さんは如才《じょさい》ない方です。

「わたしは何度か乗せていただきましたよ」

僧休さんはクルーズ経験者やったんや。そんな感じやと思うてましたけど。

「もしかして、井本《いもと》さんと違いますか？」

篠原さんは知ってはったみたいです。

「いや、わしは僧休というもんです」

僧休さんがとぼけてはります。

「そうですか。それは失礼いたしました。おひげがなければ、井本さんという方と瓜二《うりふた》つだったものですから」

篠原さんは事情を察するのが早いみたいです。

「世のなかには似た顔のひとが三人いると言いますからな」

僧休さんはじょうずに言わはります。

「八代目の朱堂です」

旬さんがうつむいたままで、名刺を受け取ってはります。

「あれ？　ムートン先生じゃないですか。もうひとつの仕事をお持ちだというのは、料亭のご主人のことだったのですか。先生もおひとが悪い。取材のときには大変お世話になりました。おかげさまであの雑誌の記事のおかげで……」

「失礼ですが、またひと違いをなさっているんじゃないですか。ぼくは朱堂と言います。ムートンだかなんだか知りませんが、そんな名前ではありませんよ」

そう言いながらも、旬さんは目をそらしてはります。

「そうですか。大変失礼しました。それにしても、よく似ておられる。なんだかここは、よく似たひとがお集まりになる場所なのですね。わたしの目がどうかしたのかもしれませんが」

首をかしげながら、篠原さんが席に着かはりました。

ムートン？　もうひとつの仕事？

やっぱりそうやったんや。どうやらうちの勘が当たってたみたいです。

取材がどうの、雑誌がどうの、て言うてはったさかい、話がつながります。

けど、ほんまはどうなん？　て旬さんに問いただしたりせえへんのが京都流やろて思います。

そんなことを考えてるひまはありません。

さっさと料理対決をはじめんと。

いよいよ今年最後の料理対決がはじまりました。今回の勝敗で、来年度の本店の板長をどっちにするかが決まります。

まなじりをけっして、ていう意気込みがふたりから伝わってきます。

岩田さんがまな板に載せはったんはリブロースやていうことです。

厚さは一センチほどやろか。コースターぐらいの大きさに切って、たまり醬《じょう》油《ゆ》に漬けてはります。青山椒《あおざんしょう》が粒ごと醬油に交ぜてあるみたいです。横に炭火のコンロが置いてあって、銅の網が載ってるさかい、網焼きにしはるんやと思います。岩田さんらしい王道の肉料理です。

もうひと品はなにを作らはるのか、今のところよう分かりません。おんなじリブロースやと思うんですけど、細切りにしてはります。お櫃《ひつ》が隅に置いてあるところを見ると、お丼にでもしはるような気もします。

萩原のほうは立派なシャトーブリアンを取りだしてきて、それを角切りにしてます。

こっちも岩田さんとおなじような漬け汁に漬けてるさかい、付け焼きにするんですやろ。まぁ、ええお肉やったらお味を付けてさっと焼くのが一番美味しいですわね。

もう一品のほうは、どうやらスジ肉を使うみたいです。勝負に出た、いう感じですね。スジ肉てイチかバチか的なところがあります。うまいことといったら、びっくりするほど味わい深《ぶこ》ぅなりますけど、へたしたら臭みが鼻について食べられしません。

『泉川食堂』ではスジ肉の煮込みが人気料理になってるさかい、自信を持ってるんやと思いますけど、はたして吉と出るか、凶と出るか、愉しみなような、怖いようなです。

ふと審査員席を見てみると、篠原さんは何べんも生唾を呑《の》み込んで眺めてはります。よっぽど食いしん坊なんですやろね。臨時の審査員になってもろてよかった、とつくづく思います。

ともすると、こういう審査て上から見たり、粗《あら》さがししてみたりして、客観的になりすぎるんですけど、食べたい、という目線で審査してもらうのが、一番お客さんに近《ちこ》うなるんやと思います。

料理対決のときにいつも思うのは、優れた料理人て、無駄な動きがないいうことです。

たえず次の作業を頭に入れて動いてはる。ひとつ終わって、さぁ次はなにしよ、て考えてたら一歩遅れてしまうんですやろね。ええ勉強になります。

料理を作るほうはもちろんやろけど、それを間近に見てるほうも、息つくひまもないほど、あっという間に制限時間になりました。

ふたりの料理人がそれぞれ作りあげた肉料理が、審査員席に運ばれてきます。今回は時間もあんまりないので、試食も同時進行です。六人みんなの前に四品の料理が並んでます。

岩田さんのほうは、リブロースの網焼きと、それを芯にした細巻き寿司です。見た目に驚きはありませんけど、いかにも美味しそうていう感じです。

萩原のほうは、シャトーブリアンの唐揚げと、スジ肉のスープリゾット。おじやみたいに見えます。見た目はわりとふつうです。

今回はどっちも奇をてらわんと、見た目は地味な料理で勝負してるみたいです。

早速試食です。

リブロースの網焼きは、牛肉の美味しさを凝縮したような味で、添えてあるおろし蕪《かぶ》と一緒に食べたら、いくらでも食べられそうな気がします。細巻きのほうもありそうでなかった味で、レアっぽう仕上げてあるので、ちょっと鉄火巻ふうの味わいです。どっちも外国人の舌にもよう合うと思います。

　シャトーブリアンの唐揚げにはうなりました。食べたことあるようで、初めて出会う味に舌を巻きました。鶏の唐揚げとは別次元の味なんです。呑み込むのが惜しいなります。いつまでも口の中で味おうてたい。ちょっと病みつきになります。その合間にスジ肉のスープリゾットを食べたら、流行《はや》り言葉で言うところの無限連鎖です。

　お箸が止まらへんし、この二品だけで完結するように思えてくるのがすごいです。萩原はいつの間に、こんな腕を上げたんやろう。ちょっと泣きそうになります。

　ほかの審査員はどう思うてはるんやろ。今年最後の決戦だけに、ハラハラドキドキです。

　あっけない幕切れ、ていうのはこういうときに使う言葉なんですやろね。

　結果は萩原の圧勝でした。

　長《なご》うなりますので、こまかい経過はお話ししません。僧休さんの感想がすべてを言い表してると思います。

「シャトーブリアンという、いわば牛肉の王さまと、スジ肉という一兵卒を対比させて、その両方の長所を最大限に引き出した料理に感服しました。これが和牛だ、と言わんばかりでした。片やリブロースという女王的な部位を使いながら、その繊細《せんさい》さではなく荒々しさを前面に打ち出した料理は、単調に感じられてなりませんでした。これまでの対決は僅差《きんさ》だったように記憶しておりますが、今回は迷うことなく点数を付けることができました」

篠原さんをはじめ、審査員みんながその言葉に大きくうなずきました。全員が萩原に満点を付けたんです。

意外と言えば意外でしたし、こうなるような予感があったとも言えます。

ふたりの料理を試食しながら思いだしたんは、大河さんのお孫さんの言葉でした。

料亭らしい肉料理。ふたりの作った料理は、まさにその言葉にふさわしいもんやった思います。

料亭ていうとこは、焼肉屋さんでも、ステーキハウスでもありません。せやから、ただ焼いて出すだけではあかんのです。そこにひと手間加えるとか、意外な料理法にするとか、どこかしら、ほう、と感心してもらえる料理を出さんならんのです。

お肉のお寿司やったら別に珍しいことおへんけど、お肉の細巻き寿司は、いかにも料亭らしい料理ですやん。唐揚げもそうです。ビフカツは洋食屋さんでも食べられるやろけど、シャトーブリアンてな高級な部位を唐揚げにするやなんて、料亭しかできしまへんやろ。これやったら大河さんのお孫さんにも納得してもらえるやろ思います。

これでふたりは二勝二敗一引き分け。まったくの五分となりました。さぁ、来年の本店の板長はどうやって決めたらええんやろ。悩みのタネが増えてしまいました。

生まれついての楽天家は、こういうときに楽なんです。悩みのタネは芽が出始めてから考えたらええやろ。とにもかくにも一年間の料理対決を無事に終えたことを喜んだらええ。次のことを考えるのはそれからや。

九代目を継いでちょうど一年に近づいてきました。いろいろありましたけど、なんとか乗り切ってきたように思うてます。

考えてみたら、去年の今ごろは九代目になるやなんて、夢にも思うてませんでした。それもこれもコロナのおかげ、ていう言い方は不謹慎かもしれませんけど、もしもコロナがなかったら、たぶん旬さんの八代目主人がずっと続いていたやろうと思います。

神さんが導いてくれはったんやさかい、それに逆らうことなく、これからも主人業を愚直に続けていきたいと心に決めてます。

そう思うてはいるんですけど、やっぱり気になってることはようけあります。

雪雲みたいに、胸のなかで灰色にかたまってるのは、あの日のことです。『木嶋《このしま》神社』のこと。そして岩田六郎さんのこと。この謎が解けへんまま、年を越すんやろなぁ、と思うと、胸の奥底のほうが、ざわざわしてきますねん。

こういうときは仕事をするのに限ります。

ありがたいことに、今夜は満員盛況。すべての個室にお客さんが入ってくれてはります。

少なめに仲居をシフトしてたんで、手伝わんと追っつかしません。お客さんがお帰りになるときに玄関先でご挨拶して、急いで部屋の片付けに向かいます。真冬であっても、かならず窓を開けて空気を入れ替えることから片付けをはじめます。

今夜は比叡颪《ひえおろし》が吹き込むこともなく、寒さがほとんど気になりません。

次は忘れもんがないか、部屋の隅々まで念入りにチェックします。最近の忘れもんで一番多いのはスマートフォンです。床の間やとか目立つとこにあったら、係の仲居がすぐに見つけるんですけど、窓の桟とかテーブルの足元とかやと見逃してしまいます。

女将や主人がそんな雑用をせんでもええ、ていうお店もあるみたいですけど、うちは代々これも仕事のうちに入れてます。

お客さんがお帰りになったあとのお部屋には、お食事をなさったときの声が残ってるように思います。愉しい時間を過ごせてもろたか、美味しいと思うてもらえたか、耳を澄ますと聞こえてきます。

〈葵《あおい》〉の間は今夜は結婚を間近に控えた娘さんとお母さん、おふたりでお食事をされました。最初は笑い声やったのが、だんだん涙声になってきたんと違うやろか。

ふと自分のときと重なりました。

旬さんとの結婚が決まったとき、ほんまはあちらさんへ嫁いでいくはずやったんです。ひょんなことから、旬さんがうちの家に入って、主人業を継いでくれはることになったときのことを、懐かしいに思いだしてます。

窓際に座り込んで夜空を見上げてると、急に睡魔が襲うてきました。

母の声が子守歌みたいに遠くから聞こえてきます。

そこに男のひとの声がかぶさってきました。誰の声やろ。聞き覚えのある声なんやけど。


——思うておった以上にスムーズにことが運びましたな。板長さんもすっかりなじんでおられる——

——すべては権禰宜《ごんねぎ》さんのおかげです。岩が六つ飛び込んでくる、って、うまい言い方だなぁ、って感心しましたよ——

あれ？　これって旬さんの声と違うん？　権禰宜さんて、もしかしてあの……

――なんのことでしょう。わたしはそんなことを言った覚えはありません。ひょっとすると、うちの社でお祀《まつ》りしている穂々出見命《ほほでみのみこと》さまのお言葉かもしれませんな――

――タカベさんでツツミさんから話を聞いたときは驚きましたよ。なんとかしてあげたい。その一心でしたから、やっと一年が経ってホッとしてます。ほんとうにありがとうございます――

タカベ？　ツツミ？　どういうこと？　訊き返そうと思うても、金縛りに遭《お》うたみたいに、身体も口も自由が利きません。

――それにしても実に旨い料理でした。さすがタカベノカミ、イワカムツカリノミコトですな――

――ぼくも主人業を退いて自由になれたし、ふたりの料理人が競い合って、お店もうまくいってるし、まさしくイワカムツカリノミコトさまは福の神ですね――

夢かうつつか。頭がもうろうとしてて、なにがなんやら、よう分かりません。ほっぺたを思いきり叩いて、やっと正気に戻ったような気がします。やっぱり夢を見てたんやろか。

いや、そんなはずはない。たしかに旬さんとあのひとが会話をしてはった。そうや。〈桐壺〉や。

たしかコカイさんて名乗らはった、あのひとの声に間違いない。

あの神官さんと旬さんが知り合いやった？　まさかそんな。

あわてて〈桐壺〉のほうの壁に耳を当ててみたんですけど、物音ひとつしませんん。

夢やったんか、と思いながらも、まだ疑《うたご》うてます。こうなったらのぞいてみるしかありません。

思い切って〈桐壺〉の前で声を掛けてみました。

「こんばんは。お邪魔《じゃま》いたします」

なんの反応もありません。

そっと部屋に入ってみると、まだ片付けが済んでません。たった今お食事が終わったとこ、そんな感じです。

しんとしずまり返った部屋に、いろんな声がこだまします。

気に留めてへんかったけど、宜さんも病室でイワカムツカリノミコトて言うてはりました。そない偶然が重なるわけがない。

旬さんに訊くしかない。そう決めて立ちあがろうとしたとき、父の声が聞こえてきました。

――なんでもかんでも白黒はっきり付けたらええ、ちゅうもんやない。科学では割り切れんもんがようけあるのが京都というとこや。それであんじょういってるんやったら、ことの真偽《しんぎ》をたしかめる必要もないがな――

店の庭の北東の隅に植えてある柊《ひいらぎ》と南天《なんてん》が、鬼門除《きもんよ》けのためやと聞いて不思議に思うたわたしは、科学的な根拠があるのか、と父に訊いたときの答えです。小学六年生のころのことでした。

今もその柊と南天は健在で、ずっと鬼を追い払い続けてくれてるさかい、わたしらが無事で過ごせているんです。

目に見える現実だけやのうて、夢やまぼろしかもしれんもんでもだいじにする。それが京都という街なんやということを、心底理解してこそ、『紅ノ森山荘』という老舗料亭の九代目主人が務まるんや。やっとそのことが分かってきました。

無事に年を越せますように。天の神さまにお願いしました。

3

著者紹介

**柏井 壽**（かしわい　ひさし）

1952年京都市生まれ。1976年大阪歯科大学卒業。歯科医・作家。京都関連、食関連、旅関連のエッセイ、小説を多数執筆。

代表作に『おひとり京都の愉しみ』（光文社新書）、『日本百名宿』（光文社知恵の森文庫）、『京都力』（PHP新書）などのエッセイ集、「鴨川食堂」シリーズ、『海近旅館』（以上、小学館文庫）、「祇園白川小堀商店」シリーズ（新潮文庫）、「京都下鴨なぞとき写真帖」シリーズ（PHP文芸文庫）などの小説がある。

近作エッセイは『おひとりからのしずかな京都』（SB新書）、近作小説は『鴨川食堂しあわせ』（小学館文庫）。

目次、扉デザイン――bookwall
本文イラスト――加藤木麻莉

この物語は、フィクションです。

本書は、PHP増刊号（2021年11月号、2022年1月号、3月号）に連載された「京都下鴨なぞとき料理帖」を改題し、大幅な加筆修正を行ない、書き下ろし「もみじ弁当対決」「肉料理対決」を加え、書籍化したものです。

PHP文芸文庫　下鴨料亭味くらべ帖
料理の神様

2022年7月20日　第1版第1刷
2022年9月2日　第1版第2刷

著者　柏井壽
発行者　永田貴之
発行所　株式会社PHP研究所
東京本部　〒135-8137 江東区豊洲5-6-52
第三制作部　☎03-3520-9620(編集)
普及部　☎03-3520-9630(販売)
京都本部　〒601-8411 京都市南区西九条北ノ内町11
PHP INTERFACE　https://www.php.co.jp/
組版　朝日メディアインターナショナル株式会社
印刷所　大日本印刷株式会社
製本所　東京美術紙工協業組合


ISBN978-4-569-90230-2

PHP文芸文庫

# 京都祇園もも吉庵のあまから帖1〜5

志賀内泰弘 著

京都祇園には、元芸妓の女将が営む「一見さんお断り」の甘味処があるという——。ときにほろ苦くも心あたたまる、感動の連作短編集。

PHP文芸文庫

# 京都下鴨《しもがも》なぞとき写真帖1～2

柏井 壽 著

ふだんは老舗料亭のさえない主人でも、ひとたびカメラを持てば……。美食の写真家・金田一ムートンが京都を舞台に様々な謎を解くシリーズ。